生誕100年

瀬戸内寂聴物語

柏木 康浩

徳島新聞社

〜瀬戸内さん、ありがとう〜

太田治子（作家）

瀬戸内寂聴さんは、愛されることよりも愛することでいつも心があふれていた。そのことを「生誕100年　瀬戸内寂聴物語」からも、しかと教えていただくことができた。

愛する相手はまず男性であり、男性を通しての社会へと、瀬戸内さんの心は向けられていった。社会のあまりの矛盾に気付いた時、それに敢然と立ち向かっていった女性への共感へと、瀬戸内さんの心はつながっていく。

「美は乱調にあり」の伊藤野枝も、「余白の春」の金子文子も瀬戸内さんの分身のようにいきいきと、こちらの胸にとびこんでくる。激しく生きた二人の女性は、あまりにも若くして空の上の人となった。一方の瀬戸内さんは、2021年11月に99歳でお亡くなりになった。瀬戸内さんはずっと最晩年になっても、二人の女性と同じように「恋と革命」の精神を持ち続けていられたように思う。

1991年の湾岸戦争の折りに断食を決行して、戦争に抗議した瀬戸内さんは、亡くなってまもなく始まったロシアによるウクライナ侵攻には、どのような抗議の声を上げただろう。文章を書く一方で、あのように激しく抗議する作家は、瀬戸内さんに続いてなかなかできそうにない。

「私ね、今本当のことを何でも思いきり話すことができる親友は、Qさんだけなの」

コロナで世の中がふりまわされるようになる直前に、瀬戸内さんは電話口ではっきりとそういわれた。久しぶりの瀬戸内さんからの電話に、こちらが緊張している矢先のことだった。瀬戸内さんがどうして突然電話をかけてきて下さったのか、それはよく思い出せない。しかし、その時の瀬戸内さんの明るいはずんだ声は、今も間近に聞こえてくる心地がする。

Qさんは、瀬戸内さんよりずっと年下の作家だった。私も過去におあいしたことのあるその方は、とても感じの優しい紳士であった。瀬戸内さんとQさんがよき友人関係にあることは、よく知られていた。しかし、親友はQさんだけといってしまってよいのだろうか。最晩年の瀬戸内さんのおしゃべりの相手としてQさんは最良と思われても、彼一人だけといわれると、そこからも瀬戸内さんの孤独を感じてしまうのだった。

「最高の恋はプラトニック・ラブよ」

「瀬戸内寂聴物語」の中にも、その言葉がでてくる。私は瀬戸内さんの小説の中で最晩年のプラトニック・ラブの掌の小説「道づれ」が一番好きだった。83歳のヒロインが孫程も年の違う青年を眉山に案内するお話である。Qさんとの関係も、明らかにプラトニック・ラブだったと思う。瀬戸内さんの方が積極的で、Qさんの方がいつも受け身であったことが、瀬戸内さんの話しぶりからもよく伝わってきた。やはり、瀬戸内さんに真に共感するのは女性だったのではないか。伊藤野枝も金子文子も、激しい自分の心をわがことのように理解されたことを、心から喜んでいるのに違いなかった。

瀬戸内さんの愛は、私のような何事にも遅れを取る呑気な同性にもたっぷりと向けられた。太宰治の愛人の娘という少し変わった境遇に生まれたというものの根っからの怠け者の私に、瀬戸内さんは勿体ない程の愛を注いで下さった。高校生の私が書いた160枚の生いたちの記を、川端康成さんに是非お読み下さいというお願いの手紙を書いて下さっていたのである。そのような手紙をおだし下さっていたことを、私は知らなかった。昨年の春、駒場の日本近代文学館で開催された「川端康成展」で、瀬戸内さんの手紙を拝見した。その中に、私のことが触れられていた。是非お読み下さいという心のこもった文面に、私は感激した。私が最初にだした本の帯に、川端さんが胸の熱くなる言葉をお寄せ下さった理由が、初めてわかった。

「瀬戸内さん、ありがとう」。あれ以来、私の胸は、瀬戸内さんへの感謝の気持でいっぱいである。「生誕100年　瀬戸内寂聴物語」には、今まで私の知らなかった瀬戸内さんのお話が次々と登場する。すばらしい本を手にした瀬戸内さんの笑顔が浮かぶ。

【おおた・はるこ】
作家。1947年、神奈川県生まれ。明治学院大学英文科卒。父は太宰治。1967年、紀行文「津軽」で婦人公論読者賞。86年、母の思い出をつづった「心映えの記」で坪田譲治文学賞。NHK「日曜美術館」初代司会アシスタント。主な著書に、瀬戸内寂聴さんが序文を寄せた「湘南幻想美術館」や、「時こそ今は」「石の花」「明るい方へ―父太宰治と母太田静子」など。

高校2年の時の太田治子さん（右）。出家前の寂聴さんと＝1964年8月、軽井沢

はじめに

徳島市出身の作家で僧侶の瀬戸内寂聴さんは、最晩年までエネルギッシュな人だった。交流のあった多くの人が軽く100歳を超えるだろうと考えていたのは無理もない。筆者もそうだった。

2021年10月末、寂聴さんのインタビューを申し込んだ。翌年が生誕100年となるため、徳島新聞の元日用紙面で、大きく取り上げたいと考えたからだ。新型コロナウイルスの感染拡大の影響で、寂庵での法話の会は長い間、中止されていたが、寂聴さんは元気だと信じ込んでいた。

しかし、2日後、寂庵から返事があった。公表はしていないが、体調を崩し入院中だという。回復のめどが立ち次第、日程を調整してくれることになった。

しかし、その日は訪れなかった。永遠に。2021年11月9日、寂聴さんは99歳で亡くなった。5月15日の100歳の誕生日まであと半年余りだった。2日後、京都・嵯峨野の寂庵から正式に死亡が発表された。徳島新聞も大報道を展開した。まるで昨日のことのように思い出す。

生活文化部の記者として寂聴さんの取材を始めたのは、10年4月のことだ。06年に文化勲章を受章した時は、部員として年表の作成や写真特集の資料集めなどを手伝ったが、番記者ではなかった。

代表作もほとんど読んだことがなかったが、一から勉強するつもりで、担当記者として手を挙げた。

09年11月にナルト・サンガを開庵したこともあり、寂聴さんは毎月のように古里徳島へ帰って来た。そのたびに、まるで追っかけ記者のように取材に出掛けた。

11年にロングインタビューをしたことがあった。「瀬戸内寂聴が語る『わが徳島』」と題して、1面に連日掲載した。12年に長期連載した「この道」が終了するタイミングでは、伊藤野枝ら「青鞜」の女性たちについてもインタビューした。

その後も徳島から電話で度々取材したり、寄稿を依頼したりすることはあったが、生誕100年のインタビューができれば、12年以来の対面での大きな取材だった。だが、実現しなかった。

死去後、寂聴さんと交流のあった徳島県人7人に思い出を語ってもらう「寂聴さんと私」を連載した後、21年12月に「寂聴の文学遺産」と題した連載記事を書いた。「青鞜」「花芯」、私小説、巡礼をテーマに小説や随筆を紹介した。

4回の連載で終了した際、読者から「えっ、もう終わり？　もっと続けてほしかったのに」との感想が寄せられた。もちろん、もっと続けられた。

けれども、連載を書いている途中で、とても書き切れないと分かった。それよりも、実現できなかった最後のインタビューの代わりに何か書けないか？

「生誕100年」という文字が再び脳裏によみがえった。1世紀近くに及ぶ寂聴さんの生涯。その延長線上に文学がある以上、人生をたどるだけでも、文学作品を紹介するだけでも足りない。

それならば、寂聴さんの生涯と文学作品の魅力を同時に紹介する連載をすればいいのではないか。

寂聴さんの名前や顔は、多くの人が知っている。国民的な人気があった。徳島県民にとっても、初めての文化勲章に輝くなど誇らしい存在だ。講演や法話をすれば、たくさんのファンが駆け付ける。90代と超高齢になっても、作家として、僧侶として、社会活動家として、エネルギッシュに生きた。

でも、私たちは本当に寂聴さんのことをよく知っているのだろうか。出奔や出家の理由を。反戦や平和の尊さを訴える理由を。ペンを持ったまま死にたいと言い続けた理由を。

それらを改めてひもとき、多くの読者に伝えることが、古里の徳島新聞社の大きな役目である。そんな一心で1年間、「生誕100年　瀬戸内寂聴物語」を書いた。寂聴さんの生きざまに迫ったこの連載が、一冊の本になったことに大きな意義と喜びを感じる。

この本を、亡き瀬戸内寂聴さんにささげたい。

恋

相手は夫の教え子　精神的な愛、家族捨て出奔

まずは恋の話から。

78歳の時に書いた自伝的小説「場所」で、寂聴さんはこう述懐する。〈私の恋や情事の数は世間が勝手に想像し噂しているほどに多くはない〉

だが、小説や随筆の中で涼太という名前で度々登場させている男との恋は、間違いなくその一つだ。学者との北京での新婚生活の後、晴美時代の寂聴さんは敗戦後の1946年、2歳の娘を連れて親子3人で徳島へ引き揚げてきた。夫が職を探すために単身上京していた時に、涼太とのあいびきは始まった。

寂聴さんは25歳、涼太は夫の教え子で21歳だった。場所は眉山の麓。新町尋常小学校時代に見つけたシイの林で明け方の10分ほど、人目を避けて逢瀬を続けた。といっても、抱擁するでもなく、ただ落ち葉の中に腰を埋め、目を見つめ合っていたという。

生前、インタビュー取材でその真相を尋ねたことがある。「信じられないかもしれませんが、私たちはその頃、プラトニックな関係でした。精神的な愛で結ばれていた」

9歳年上の夫とは見合いで結婚した。互いに処女と童貞で初夜を迎えた。しかし、人妻となり、母親となっ

た後、自ら恋をしてしまった。寂聴さんにとって、初めての恋。だが、どうすることもできない状況。それを打開する策も勇気もなかった。

しかし、その後、修羅場が訪れる。東京で仕事を見つけて帰郷してきた夫に、寂聴さんはこう告白する。

「東京へは行けないんです。許してください。他の人を愛してしまいました」

だが、唇も合わせていない男と女の恋の形など、誰が信じられよう。戦後、間もない頃。不倫という言葉もまだはやっておらず、若い妻には不貞というレッテルが貼られた。

涼太と引き離そうと、夫は寂聴さんと幼い娘を連れて上京する。しかし、恋は終わらない。

ところで、寂聴さんの文学作品を読んだことがなくても、彼女が若き日、夫と幼い娘を捨てて出奔したことは多くの人が知っているだろう。それは事実だ。このため、古里の徳島でも、寂聴さんの評判は長い間、かなり悪かった。しかし、詳しいいきさつは誤解している人が多い。

寂聴さんは47年秋の終わり、駆け落ちを決行すべく、東京の家を飛び出し、列車に飛び乗る。しかし、名古屋駅で子どもの泣き声を聞いた時、母性が騒ぎ出し、耐えきれなくなり、東京の家族の元へ戻ってしまった。岡山で待つ涼太の元へ寂聴さんは行かなかった。

だが、翌年の2月、ついに本当に家出をする。着の身着のままで。大学時代の友人が待つ京都へ向かった。だが、今度は涼太が来なかった。

こうして、この時、2人はすれ違い、恋が成就されることはなかった。寂聴さんも二度と夫や娘の元へ帰らなかった。

20歳の頃、立木写真館で撮影した
見合い写真

北京時代の寂聴さん。
近所の子どもと＝1943年

奇妙な半同棲生活
励まされ文学的才能開花

瀬戸内寂聴さんが78歳の時に書いた自伝的小説「場所」によると、夫と幼子を捨てて25歳で出奔した晴美時代の寂聴さんは、京都で作家を目指して自活していた時、4歳年下の恋人涼太と、初めて男と女の関係になった。

寂聴さんはこの時の気持ちをこう述懐している。〈現実の恋が始まったところで、私の激しいまぶしい観念の恋は突如として色褪せた気がする〉。こうして涼太との最初の恋は終わった。

寂聴さんにとって、2度目の恋が始まったのは、京都での生活を切り上げて、東京へ舞い戻った後のことだ。相手は作家の小田仁二郎。寂聴さんより一回り年上だった。作家丹羽文雄が主宰する同人誌「文学者」で知り合った。小田は前衛的な作風で一目置かれたことがあるものの、鳴かず飛ばずの作家だった。だが、寂聴さんの文学的な才能を見いだし、開花させたことは間違いない。

今度の恋は、相手に妻子がいた。小田は家族が住む湘南の海辺の自宅と寂聴さんの東京の下宿を半月ずつ二分して通うという不思議な生活を続けた。

小田は、寂聴さんを愛していたのだろう。しかし、そのやり方は極めて中途半端だ。出会ったばかりの頃、箱根の温泉宿に寂聴さんを誘い「一緒に死んでくれないか」と頼む。寂聴さんは「いいわよ」と答えながらも「どうして奥さんに頼まないの」と尋ね返すと小田は「かわいそうすぎる」と答えている。

ずるいやり方だ。だが、寂聴さんはこう考えた。〈この男を死なせてはならない（中略）長い不遇と失意と屈辱に萎え切った男の中に、灯をともしたとまでは思わないが、この男を死なせまいと思う心は、日と共に強くなっていった〉(「場所」)

小田との恋には激しさはなかったが、2人は落ち着き、居心地良く暮らした。寂聴さんはこの半同棲で男を通わせる暮らしをしみじみと幸せだと思った。

西荻窪に住んでいた時、北京時代をテーマにした小説を書くよう小田に勧められ、締め切りぎりぎりで小説「女子大生・曲愛玲」を書き上げた。寂聴さんは34歳だった。互いに中年の域に達していたとはいえ、夏の日、扇風機もない暑い部屋で、小田にうちわであおいでもらいながら、夢を持って懸命に執筆にいそしむ姿は輝いていた。

寂聴さんにとって、小田に励まされ、小説を書いたその瞬間こそが恋だったに違いない。この作品が1957年に新潮社同人雑誌賞を受賞し、寂聴さんはついに文壇にデビューできた。

その後、小説「花芯」で「子宮作家」と酷評される時期があったものの、書いたものがすぐに活字になる快感に喜びを感じる日々が訪れた。小田との穏やかな半同棲生活は永遠に続くとさえ思われた。

そんなある日、涼太が再び寂聴さんの元へ現れた。この三角関係とも四角関係ともいえる間柄は62年、寂聴さんの代表作「夏の終り」に結実した。

寂聴さんの文壇での活躍を見届けるように、小田仁二郎との関係は終わりを告げた。

「夏の終り」で女流文学賞を
受賞した頃の寂聴さん

前衛的な小説で知られた
小田仁二郎と

44歳で新たな不倫
相手は同じ誕生日の作家

30～40代の瀬戸内寂聴さんは、同時に2人の男を愛した。不遇な作家小田仁二郎との8年にわたる半同棲生活。そこへ突然、初恋の相手涼太が割り込んできた。寂聴さんは小田の目を忍んで、若い涼太と激しく愛し合う。その秘密と葛藤と苦悩が、代表作「夏の終り」を誕生させた。

作家の竹西寛子さんは新潮文庫版の解説で、夏の終りの主人公（寂聴さん）と「和泉式部日記」の女主人公の共通点を掲げながら〈いずれも愛されることだけでは満足できない型の女であり、愛される以上に愛さずにはいられない非受動的な型の女だということである。相手につくされることを望んでいながらそれだけでは満足できず、自分からもつくさずにはいられない〉と述べている。

しかし、寂聴さんが涼太と長い関係を続けたのは、恋慕の思いだけが理由ではない。涼太の人生を狂わせてしまったという悔恨の思いがあった。

78歳の時に書いた自伝的小説「場所」で〈今でも、私が彼の無垢の人生の出発点で彼の運命を狂わせてしまったと信じこんでいる。涼太への理不尽な情熱のため私は安穏な家庭を自ら破壊した〉とつづっている。

小田と別れた後、涼太とは4年ほど、一緒に暮らした。だが、互いの心は既に離れていた。涼太はその後、若い女と結婚した。しかし、やがて、がんになり、事業にも失敗し、65歳の時に自死してしまった。

作家井上光晴と出会ったのは44歳になる直前だ。4歳年下の井上には、妻子がいた。寂聴さんは井上についてこう記している。〈新しい情事の相手は、これまでのどの男よりも強引でしたたかであった。妻子を溺愛しながら、常に複数の情事を重ねていた〉〈男は始終、私をぬけぬけと裏切ったが、そのうち私も、男に絶対気どらせない周到さで、男を裏切ることを覚えた〉(「場所」)

「その情人が井上光晴だと新聞の随筆ではっきり認めたのは、寂聴さんが94歳の2016年でした」。1981年に徳島市で開かれた「寂聴塾」の教え子で、徳島県立文学書道館学芸員の竹内紀子さんが教えてくれた。奇遇にも寂聴さんと井上は、誕生日が同じ5月15日という。

井上の長女で直木賞作家の井上荒野さんは、2人の不倫が始まった時、まだ5歳だった。後に荒野さんは寂聴さんを取材し、この謎めいた関係をテーマにした小説「あちらにいる鬼」を書いた。2019年に出版され、寂聴さんが帯の言葉を書き、絶賛している。

寂聴さんはまるであいびきするかのように、原稿を編集者に提出する前に井上に読んでもらうようになった。「あちらにいる鬼」にこんな描写がある。〈このひとときは、わたし(寂聴さん)にとっては白木(井上光晴)とのもう一種類の性交のようなものなのかもしれなかった〉

この時期、寂聴さんは「蘭を焼く」「おだやかな部屋」などを発表している。「夏の終り」から6年後のことだ。中間小説から純文学へ移行しようとしていた。

井上光晴との不倫は、寂聴さんの出家により終わりを告げることになる。51歳の秋のことだった。

寂庵の表札。井上光晴が書いた

44歳の瀬戸内寂聴さん。この頃に
井上光晴との不倫が始まった

井上荒野さんのズームによる講演会。小説「あちらにいる鬼」について語られた
＝2022年、徳島県立文学書道館

出家

疲れ果て晩年意識　生き直し文学の新たな糧に

２０２1年11月に99歳で亡くなった徳島市出身の作家瀬戸内寂聴さんは、生前、出家の理由について「何百回尋ねられたか分からない」と語っている。

出家得度した１９７３年当時、連載小説をいくつも抱える人気作家であり、51歳という若さだった。誰もが「なぜ」と思ったとしても疑問ではない。

恋に疲れたからだと思った人も多かっただろう。寂聴さんは25歳の時に、夫と3歳の娘を捨てて出奔している。作家として認められるようになった30～40代のころには、年下で離婚の原因になった涼太と、年上で不遇な作家小田仁二郎との三角関係を経験した。そして、44歳からは作家井上光晴との不倫を続けた。

40代前半ごろから「晩年意識」を持っていた。そして、死への憧れも。何度か自殺未遂もした。発見がもう少し遅ければ、助からなかったかもしれないほどの状況だった。疲れ果てていたのは確かだ。

だが、どちらも出家の直接的な理由にはなっていない。

「生き直すために出家したのだと思います」。１９８1年に徳島市で開かれた寂聴塾の教え子で、徳島県立文学書道館学芸員の竹内紀子さんは語る。

いつの頃からか、出家遁世に憧れるようになった。1969年、47歳で書いた随筆「放浪について」では〈出家遁世と放浪は、いまや私のもっとも深い憧れとなって日夜、心をそそのかしてくる。現在の私は、家はあっても家庭はなく、肉親で私の袖を引きとめる人間もいない〉と述べ、4年後に実行する出家への決意のようにも読み取れる。

そして、ある日、井上光晴に「出家しようと思っている」と告白する。井上は理由は聞かず「そんな方法もある」とだけ答えている。こうしたやりとりは、78歳の時に書いた小説「場所」や、「いずこより」「比叡」に詳しく描かれている。

寂聴さんは出家から100日後、井上編集の雑誌「辺境」にも随筆を掲載した。こんな表現がある。

〈この数年来、休む間なく、独楽のようにきりきり自転しながら、砂漠で水を需めるようなかわきで、永い漂泊の旅への憧れにそそのかされていた。そのひまひまには、それよりももっと激しい誘惑で死が招きはじめていた〉

出家の直前まで「文学界」に書いていた連載小説「抱擁」で、寂聴さんは主人公の一人を飛び降り自殺させている。〈「死」を小説に封じこめる作業が終った時、私はもう、出家するしかない自分を見出していた〉

交流のあった三島由紀夫が壮絶な死を遂げたのは、寂聴さんが48歳の時。ノーベル文学賞作家の川端康成が自殺したのは出家前年の72年で、これらの出来事がかえって自殺を諦める理由にもなった。

そして、本人が導き出した出家の理由の一つが「自らの文学のバックボーンとなる思想や哲学が欲しかった」という結論だった。家庭を捨ててまで小説家を目指した。それなのに、自分が書くものに、まだ納得できなかった。

出家後、小説「花に問え」「白道」「手毬」を書いたのは、一遍や西行、良寛がなぜ出家したのか問うためでもあった。だが、それでも答えは出なかった。

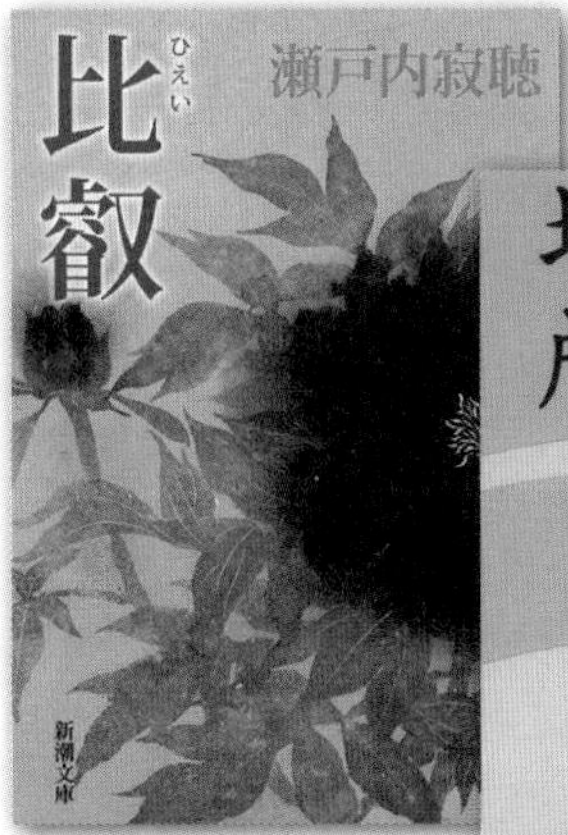

瀬戸内寂聴著「比叡」
（新潮文庫刊）

瀬戸内寂聴著「場所」
（新潮文庫刊）

瀬戸内寂聴著「いずこより」
（新潮文庫刊）

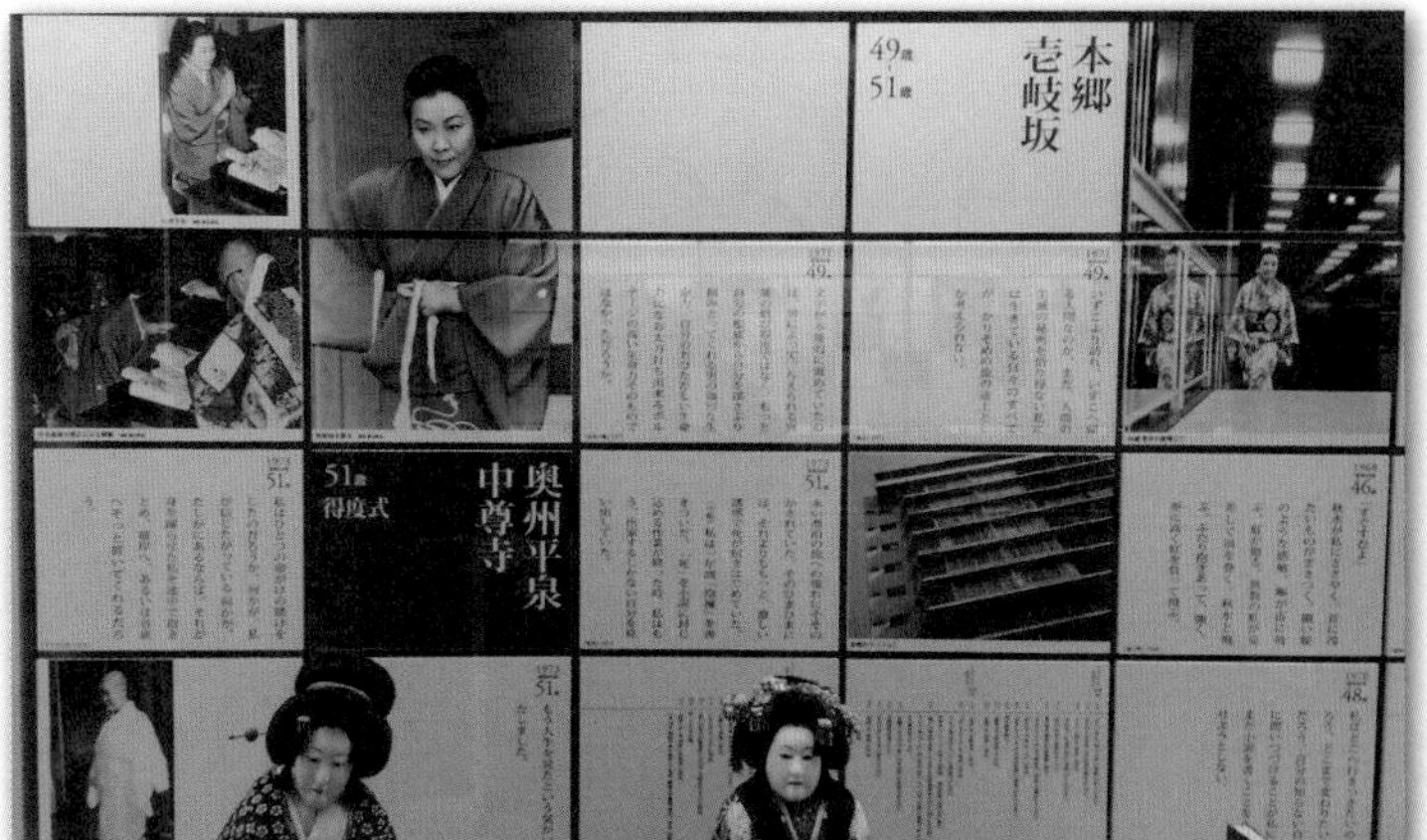

出家得度の頃の写真を展示したパネル＝徳島県立文学書道館の瀬戸内寂聴記念室

死ぬまで小説書く
遠藤周作に打ち明けた手紙

「草筏」は瀬戸内寂聴さんが71歳の時に書いた私小説だ。51歳で出家した後、報道で知った実の娘と電話で話す場面がある。出奔し3歳の時に別れた娘。既に成人し、結婚していた。その娘が一つだけ質問する。

〈今度のことは、私に何か関係がありますか〉

出家の理由が、捨てた娘への贖罪と懺悔という形で行われたのではないか。娘はそう考えたのだ。

しかし、寂聴さんはこう答えている。〈私自身がよくわからないから…ある日、ふと気がついたら、体じゅうに誰かがいつの間にか糸をいっぱいつけてあって、それをまた誰かが首根っこのところで一摑みにして、ぐうっと引っぱられたみたいな感じだったの〉

出家願望の中で、娘や夫を思い描いたことは一度もなかった。少なくとも娘らに与えた苦悩の償いとして出家を考えたことは全くなかったという。

実は、最初から仏教の僧侶になろうとしたわけではない。親密だった作家遠藤周作に相談し「カトリックの洗礼を受けたい」と考えたこともある。神父を迎え、聖書を一緒に読んだ。欧州旅行した際、荘厳な教会の雰囲気に畏怖の念を起こし、涙したこともある。

しかし、最終的に仏教の出家得度を選んだ。〈仏教的風土に生れ育ち、意識からも生活環境からも、それが抜きがたいことにあらためて気がついた〉（「場所」）。徳島市東大工町の実家が仏具店だったこととも無縁ではなかった。

そして、伝記小説「かの子撩乱」を書いた時、岡本かの子の根本思想である仏教を理解できていなかったことも契機の一つだった。

1973年春、出家の決意は固まった。そして、娘に25年ぶりに再会した。だが、出家については一言も告げなかった。だから、出家の報道が流れた際、娘は驚愕したのだ。

そして8月、寂聴さんは作家で天台宗大僧正の今東光を訪ね「出家したい」と告げる。今は気持ちを察し、「急ぐんだね」と尋ねる。それで全てが終わった。なぜ出家するのかという問いは一言もなかった。

2005年、徳島県立文学書道館で開かれた「寂聴なつかしき人展」で、出家直前の寂聴さんが遠藤周作に宛てた手紙が展示された。1973年10月23日に書かれた。

出家得度の計画は文壇やマスコミには極秘で進めていた。しかし、世話になった遠藤には、11月14日に岩手県の中尊寺で出家剃髪することを報告している。法名が「寂聴」に決まったことや、近く京都に小さな庵を結ぶこと。そして〈もちろん、小説は死ぬまで書きます〉と結んでいる。追伸では、一度だけ娘に会ったことも記した。

遠藤はこの手紙に深く感動した。〈何度も何度も読みかえしました（中略）この御手紙は何時までも大切にして、私の志が弱くなった時、読みかえし、自らを励ますようにさせて頂きます〉。そう返信した。寂聴さんが書いた手紙は今も長崎市遠藤周作文学館に収蔵されている。

寂聴さんは徳島に住む姉艶や、不倫相手の作家井上光晴らごく親しい人だけに、出家の計画を告げた。

そして、出家得度の前日の11月13日午後3時前、原稿を書き上げると、上野発の列車で中尊寺へ向かった。

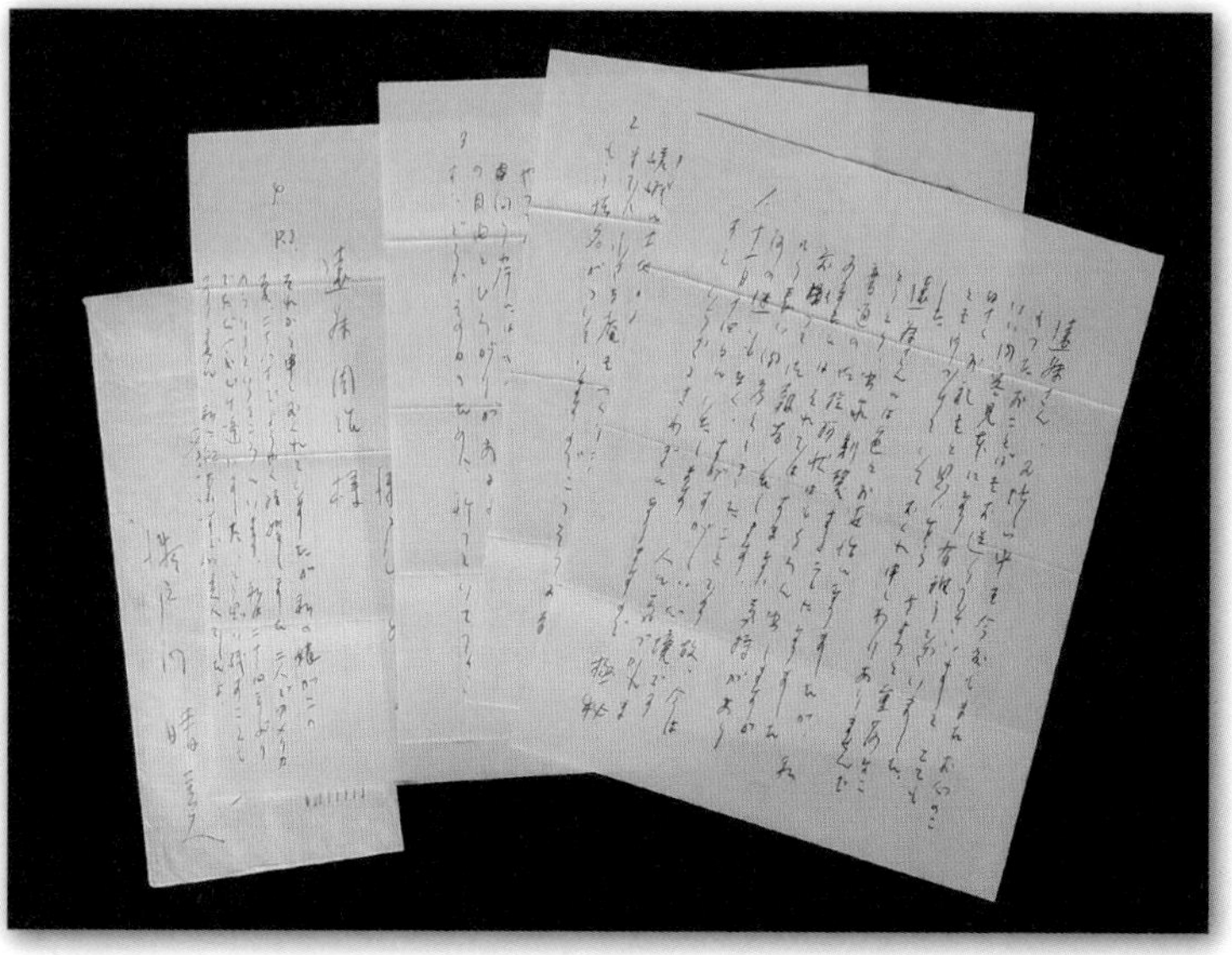

寂聴さんが出家前に遠藤周作に宛てた手紙（長崎市遠藤周作文学館提供）

遠藤周作の思い出を語る寂聴さん＝2005年、徳島県立文学書道館

極秘一転　大報道に
中尊寺で得度　人間性を回復

1973年11月14日、岩手県の中尊寺で、51歳の人気作家だった瀬戸内晴美が出家得度することは、極秘に進められるはずだった。

前日の13日夜、姉の艶らごく親しい数人と寂聴さんが寺の一室で最後の宴をしていた時のことだ。ある新聞社の記者がかぎ付けて、寺に踏み込んできた。

「急いで電気を消して、声を潜めて、見つからないようにするのに必死だった」。写真家の勝山泰佑（1944～2018年）が17年、徳島県立文学書道館の写真展「寂聴さんと　あのとき　あのひと」を開いた際に教えてくれた。勝山は得度に密着し撮影する依頼を受けた。条件は誰にも口外しないことだった。どこから漏れたのか、結局、14日の当日は大勢の報道陣が詰め掛ける騒ぎになった。

午前10時、得度式は始まった。最後の晴れ着として色留め袖を着て本堂に入ると、一斉にカメラのシャッター音が鳴り響いた。フラッシュも絶え間なく光る。最初は驚いた寂聴さんだったが、荘厳な雰囲気に、精神は集中し、それらが全く気にならなくなった。

金銀の水引で飾られた小さなかみそりを大僧正が髪に当てる。実際にはその場では髪を切らず、剃髪の儀式はそれで終わった。

本当の剃髪は別室で行われた。出家しても尼僧は必ずしも髪を剃らなくてもいい。だが、中途半端なことが嫌いな寂聴さんらしく、腰まで伸びていた自慢の黒髪を迷わず剃り落とした。姉は泣き通しだった。しかし、寂聴さんは不思議なほど心が平静で、涙は一滴も流さなかった。

法衣を着けて、再び式に戻る。直後に書いた随筆「念願成就」で、その時の気持ちをこう表現した。〈広い冷い廊下を導師の背後から歩み出したその刹那、私は全身に清流が流れるような深い身震いを覚え、頭が涼しく軽くなったことをはじめて意識した。深い甘美といっていいほどの爽やかな感動が胸にあふれた〉

尼僧姿になった寂聴さんに、またフラッシュが無数に浴びせられた。そして、式の後、記者会見まで開く羽目に。出家の動機など簡単には説明できない。

一つ言えることは〈ただ今年、私がそれを決行したのは、出家には莫大なエネルギーを必要とすると考えたからである。体力も精神力も、今年あたりが最も充実しており、決行するエネルギーにみちていると信じたからである〉（「念願成就」）

当日の徳島新聞夕刊でも、大きく報道された。〈尼僧になっても隠遁生活を送るのではない。むしろ反対にこの変身をバネに世俗の執着を捨て、厳しい精神状況に自分を置いて、改めて文学への挑戦を試みるという。「烈しい生と美しい死を」という言葉を愛する瀬戸内さんらしい「自己革命」なのかもしれない〉と記された。

出家後、寂聴さんに大きな変化が起こった。季節の移ろいや自然の美しさに心を動かされるようになったのだ。「書き中毒」とも言えるほど執筆中心の生活で身も心も疲れ切っていた。しかし、比叡山での修行を終え、京都・嵯峨野に構えた寂庵で庭作りや畑仕事に精を出しながら、人間性を回復していく。

「場所」の直筆原稿や賞状

寂聴さんの出家を報道した徳島新聞夕刊（1973年11月14日付）

東日本大震災

どん底は続かない　東北を思い、けがから復活

〈去年死んでいたら、この未曽有の悲惨な災害は見ずにすんだのにと思ってしまいます〉

２０１１年3月24日付の徳島新聞に、瀬戸内寂聴さんは、こんな書き出しで始まる特別寄稿を載せた。３月11日の東日本大震災の後、初めての本紙登場だった。こんな事情がある。

10年10月24日、鳴門市で行われた青空法話「ナルト・サンガ」を終えた後、別の講演先で腰を痛めた。当初、ぎっくり腰だと診断されていたが11月に、背骨の圧迫骨折と判明。全国での講演、新聞や雑誌への執筆など、全ての活動を休止し、京都市内の寂庵で長期療養に入った。

当時、帰県する度に、寂聴さんを追い掛けるように取材しており、かつてない休養の長さに、もう以前のように元気な姿を見ることはできないのではないかと心配していた。88歳と高齢だったからだ。

しかし、奇跡の復活を遂げる。全身の痛みが引かず、半年近くも寝たきりの生活を続けていた寂聴さんを奮い立たせたのは、千年に一度とも言われる被害を東北にもたらせた東日本大震災だった。

地震と津波による甚大な被害。それに加えて原発の事故。「寝てなんかいられないと、思わずベッドから跳ね起きて立っていた」。４月24日、長期療養から復帰後初めての鳴門での法話で、寂聴さんが聴衆に語り掛け

た言葉が忘れられない。

1973年、51歳の時、岩手県・平泉の中尊寺で出家得度して僧侶となった。87年から2005年までは同県二戸市の天台寺で住職を務めた。寂聴さんにとって東北は、徳島や京都に次ぐもう一つの古里だった。

「一刻も早く被災地へ駆け付けて、みんなを励ましてあげたかったが、けがをして動けなかったため、それができなかった」。無念さをにじませて語る言葉は、胸に迫った。

そのサンガの前日、寂聴さんは自ら館長を務める徳島市の県立文学書道館に姿を現した。県民に見せる半年ぶりの元気な姿だった。

写真家藤原新也さんとの特別展「終の栖」展が始まり、あいさつに訪れたのだ。寂聴さんは「どうにか歩けるようになった。古里で温かく迎えてもらい、ありがたい」と感謝の言葉を述べ、藤原さんの書道パフォーマンスを見守った。

縦3メートル、横2メートルの和紙に、大きな筆で豪快に揮毫した藤原さんの書は圧巻だった。大きな4文字で表した言葉は「人喰う海」。震災の5日後、被災地を訪れた藤原さんは、人間世界を滅ぼし尽くすように襲った自然現象に、怒りが収まらなかった。「海のバカヤロー」と書きたい気持ちを必死に抑えて書いたのだという。

寂聴さんも同じ気持ちだった。人間の能力には限界があり、自然の底力には果てがないことを思い知らせられた。しかし、それを乗り越える希望が必ずあるはずだ。寂聴さんはそんな思いを「無常」という仏教の言葉に込めて訴えた。「同じ状態は続かないの。だから、どん底は続かない。絶望せず、望みを持って生きて」

半年間に及ぶ寝たきり生活から復活した寂聴さんの感慨だった。

長期療養を終え、半年ぶりに青空法話を再開した瀬戸内寂聴さん
＝2011年4月、鳴門市のナルト・サンガ

東日本大震災をテーマにした書道パフォーマンスをする藤原新也さん
＝徳島県立文学書道館

余生を懸けて支援
「被災者の心に寄り添って」

「何かしてあげたいの。私もこんなことになってしまって。でも、テレビを見て、じっとしていられなくて…」

持宝寺住職の高松哲雄さん＝徳島市＝は、あの時の瀬戸内寂聴さんの高揚した言葉と表情が忘れられない。

2011年3月11日に起きた東日本大震災。その後、高松さんは京都・嵯峨野の寂庵を訪れた。10年来の知り合いだった。

「歩行器を使って、玄関まで出迎えてくれました。長い療養生活の間に、いろいろと考えたのでしょう。これまでのこと、将来のこと。そして、震災が起きた。何もできないことに、いらだちと焦りが見て取れました」。高松さんは当時の様子を振り返る。

高松さん自身、被災者の喪失感を思うと胸が締め付けられた。何かしなければ。そんな思いを募らせていたところだった。

寂聴さんの訴えを聞き、高松さんは考えた。『何とかしたいという気持ちを、大勢の人と共有することならできるかもしれない』

こうして震災から2カ月余りが過ぎた5月28日、徳島市のあわぎんホールで寂聴さんの講演会「無常の中の希望といのち～『大震災をともに生きる』」が開かれた。高松さんが代表を務めるNPO法人徳島アルクの主催で、徳島新聞社が共催した。

当日の会場の熱気と寂聴さんの切実な語り掛けを、今も鮮明に覚えている。定員800人に対して、約1700人が詰め掛けた。震災の報道や映像にやりきれなさを感じた県民も多かったのだろう。だから、直後に催されたこの企画は、多くの人の反響を呼んだ。メイン会場800人、映像視聴会場900人。寂聴さんの完全復活を印象づけた。

最初、全員が起立し、1分間黙とうするという鎮魂の儀式があった。真言宗の僧侶15人が舞台に上がり読経する中、東日本大震災の犠牲者に祈りをささげた。

講演で寂聴さんは、被災者の心に寄り添うことの大切さを訴えた。「何もできなくていいの。被災者の苦しみや悲しみのことを思ってあげるだけでいい」

そして、こんな逸話を紹介した。「私の所へ、震災で亡くなった人の名前を書にしたためて送ってくる人がいた。新聞に毎日、小さな文字でたくさんの犠牲者の名前が掲載されている。それを丁寧に一人ずつ書いて送ってくるの。せめて亡くなった人の名前を書くので、供養してくださいって。私は感動した」

仏教用語の「代受苦」という言葉もよく使った。災害にあった人々は、被災しなかった人たちの代わりをしてくれた。苦しみや悲しみを引き受けてくれたというのだ。そして、絶望がいつか希望に変わる日に思いを託した。

寂聴さんにとって、出家した中尊寺があり、約20年も住職を務めた天台寺がある東北。そのもう一つの古里が甚大な被害を受けた。5月15日に89歳になったばかりだった。だが、寂聴さんには覚悟があった。「私の余生は復興支援に懸けてもいい」

高松さんもあの時の寂聴さんの爆発的なエネルギーが記憶に焼き付いて離れない。「寂聴さんのおかげで、遠い徳島に住む私たちも被災地に思いを重ねることができた。命の尊さも考える機会になった」。

「復興支援に余生を懸けてもいい」と話す瀬戸内寂聴さん
＝2011年5月、あわぎんホール

寂聴さんは映像視聴の会場にも足を運び交流した

ついに東北に立つ　悲惨な未来を残したくない

東日本大震災から約3カ月後の2011年6月上旬、瀬戸内寂聴さんは、ついに東北の地を踏んだ。

岩手県宮古市では、足がすくむような光景を目の当たりにする。壊れて流された船、自動車…。松林はなぎ倒され跡形もない。家はぽつぽつあるが、避難しているのか、人の気配がない。がれきの撤去は、まだ手つかずの状態だった。

長期療養生活から復帰して3カ月しかたっていない。だが、どうしても早く被災地へ行きたかった。

生前、交流のあった大日寺名誉住職の真鍋俊照さん＝板野町＝は、寂聴さんの行動力について「すごい。そんな性格だったから当然だとも思う。自分の目で見て、体験したものしか信じない人だった。だが、それだけに説得力がある」と話した。

寂聴さんはこの時、全校児童200人ほどの小学校も訪ねた。震災で心を痛めた子どもたちを励ますためだ。自作の絵本や紙芝居を披露した後で、質問を受け付けた。

子どもたちは予想に反して明るく、災害で困ったとか、親が亡くなったとか、そんな暗い話が全く出てこない。あえて避けているのかと思ったほどだ。

その中で、こんな質問があった。〈今度の災害でたくさんの人が死にました。昔の戦争でも多くの人が死んだと聞きます。どんな関係があるか知りたくて〉

寂聴さんは、こう答えた。「今回の地震や津波は天災で自然が起こしたもの。でも、戦争は人が起こす人災。だから、戦争は絶対にしないで過ごそうね」

寂聴さんが被災地の復興支援に全力を尽くしたのは、子どもたちの将来が心配だったからだ。取材時によくこう語った。「子どもに悲惨な未来を残したくないの」

10月にはもう一度、被災地を訪れた。今度は岩手県陸前高田市。町全体が無くなっており、人が住めない状況だった。

その月にナルト・サンガで行った青空法話で「徳島の町が何もかも無くなってしまうことを、皆さんは想像できるでしょうか」と問い掛けた。その後、言葉を継ぐ。「でも、ひどい目に遭っても、被災者は住んでいた町に帰りたいと思っている。生まれ育った町に帰りたいと、みんなそう思っているの」

この日の法話を聞いていた真鍋さんは、はっとさせられた。土地への愛着。生まれ育った古里への愛着。四国遍路も同じだ。文殊菩薩についてもよく似た逸話が残っている。

寂聴さんは被災した子どもやお年寄りに直接会って話を聞き、笑顔で励まし続けた。89歳の病み上がりの体を押して。今では死語になっている仏教用語「和顔施」を実践し、明るい笑顔を多くの人に届けた。

翌年以降も東北を訪れ、何度も法話をした。中尊寺で、そして天台寺で。徳島市でも宗教学者・山折哲雄さん、福島在住の作家玄侑宗久さんらと復興支援のシンポジウムに参加し、震災の伝承を訴えた。

東日本大震災から11年となる今年、もしも寂聴さんが生きていたら、どう語っただろう。きっと同じ言葉を繰り返したはずだ。

「残された者にとって一番大切なのは、東日本大震災のような恐ろしい出来事があったことを忘れないことだ」。

被災地を訪れた感想を語る瀬戸内寂聴さん
＝2011年10月、鳴門市のナルト・サンガ

法衣の上にコートを羽織って青空法話をする寂聴さん。
小雪がちらつくこともあった＝2012年3月、ナルト・サンガ

戦争

命懸け「殺スナカレ」即時停戦を祈り断食敢行

多数の民間人殺害が疑われるなど、ロシアによるウクライナ侵攻が泥沼化している。もしも瀬戸内寂聴さんが生きていたら、黙ってはいなかっただろう。100歳を目前にして、京都・嵯峨野の寂庵で断食を決行し、戦争に抗議したかもしれない。そして、そこには必ずこんな言葉が掲げられただろう。

殺スナカレ　殺サセルナカレ

1991年、米軍を中心にした多国籍軍がイラクを空爆した湾岸戦争の際も断食を行った寂聴さん。寂庵には釈迦の教えであるこの言葉が、まるで決意表明のように貼り出された。犠牲者の冥福と即時停戦を祈願してのことだ。

当時、68歳。周囲には体力的にむちゃだと止められたが、51歳で出家した時、どうせ一度は死んでいる身だから、これで死んでも悔いは無いと考え、実行した。2月17日のことだ。

断食は1週間でドクターストップとなり、緊急入院を強いられた。図らずもその病院で終戦を伝えるテレビを見た。

寂庵には共感した全国の人々から救援カンパが約1千万円集まった。寂聴さんはそれを自分でイラクへ持って行かなければならないと考えた。そして500万円足して、ボランティアで薬やミルクを運んだ。

ビザが下りたのは4月初めで、中旬から10日間、イラク各地を巡った。一見、平和でのどかに見えるバグダッド。しかし、周辺の町々を訪ねると至る所に戦争の傷痕が残っていた。その一部始終をつづったルポ「寂聴イラクをゆく」には、こうつづられる。

〈一番ショックだったのは、シェルターで被弾し、生き残っている人々を病院で見たときです。それはまったく生き地獄のようで、私は正視することが出来ず、ほんの一瞬見ただけで病院を飛び出してしまいました〉

寂聴さんには、その光景が原爆犠牲者や、徳島大空襲で焼け死んだ自らの母親と重なった。そして「どんな理由があっても絶対に戦争はしてはいけない」とあらためて誓うのだった。

断食は2001年のアフガン戦争の際も3日間行った。「仏教徒としてあらゆる武力戦争に反対する」と話し、義援金100万円を中村哲医師（19年死去）のペシャワール会が募集していた「アフガンいのちの基金」に送付している。

2015年には、集団的自衛権行使を可能とする安全保障関連法案に反対して、寂聴さんは国会前の市民集会に、京都から車椅子で駆けつけた。そして、訴えた。

「戦争にいい戦争というのはありません。戦争は全て人殺しです。二度と起こしてはなりません」

確固たる思いは、生涯、揺らぐことはなかった。「寂聴自伝　花ひらく足あと」には、こんな一節がある。

〈戦中派の私は、あの苦しい戦争の体験を通して、戦争ほど無駄で愚劣な行為はないと思っていた。どんな美辞麗句で飾ってみても、戦争はそれを行う国々の利権争いに他ならないと考えるのである〉。

湾岸戦争の即時停戦を祈って断食中の瀬戸内寂聴さん＝1991年2月

ファンを前に青空法話をする寂聴さん。反戦についてもよく語った。
右上にかすかに眉山が見える＝2011年4月、ナルト・サンガ

北京で敗戦迎え衝撃　国家にだまされたと気づく

「瀬戸内寂聴さんには、人生を左右した二つの重要な戦争体験がある。一つは北京で敗戦を迎えたこと。もう一つは、敗戦から1年後、引き揚げてきた時、故郷の徳島市が焼け野原になっていて、しかもその空襲で最愛の母親が防空壕の中で焼死したことです」

そう話すのは、徳島県立文学書道館館長の富永正志さん。徳島新聞記者時代に寂聴番を務めた富永さんは2020年に著した「空襲にみる作家の原点—森内俊雄と瀬戸内寂聴」で詳しく論じている。

1922（大正11）年5月15日生まれの寂聴さんは、子どもの頃から軍国主義教育で育ち、模範的な愛国少女だった。

東京女子大を卒業後の1943年、見合い結婚した夫と共に、日本の占領下にあった北京に渡る。北京の大学で教えていた夫との新婚生活は、のどかで平穏だった。周囲の中国人は優しく親切で、戦争が起こっているとは思えないほどだった。

2022年5月22日まで文学書道館で開かれた特別展「追悼　瀬戸内寂聴」や、同館寂聴記念室で行われた中央展示「寂聴と北京」にも、北京時代の写真が展示された。中国人の女児と屋外で撮った一枚で、にこやかな笑顔で編み物をしている寂聴さんの姿が印象的だ。

〈この北京の地つづきの地に、今日も血腥い戦争がつづけられているということが、どうしても実感として伝わって来ない〉（「いずこより」）

ところが、1945年7月、もう来ないだろうと思っていた召集令状が、夫の元に届く。22歳で出産した娘が、間もなく1歳の誕生日を迎えようとしていた。

夫は幸いにも敗戦後、寂聴さん母子の元へ生きて帰って来た。しかし、寂聴さんはその後、病気になり、3カ月間、寝たきりの生活をする中で、われに返り、これまでのことに思いを巡らせる。

成長の過程でいつも戦争が身近にあった。何もかもが戦争につながっていたが、疑問さえ感じなかった。戦果の発表をうのみにしていた。日本の戦争が東亜の永遠の平和のための聖戦だと信じていたのだ。

「しかし、負けるはずがないと信じ込んでいた日本の敗戦を北京で迎え、そのショックで全てが色あせて見え始めた」と富永さん。夫でさえも以前とは違う人間に見えた。そして、忠君愛国の感情はすっかり消え、自分は国家にだまされていたのだと気づく。

「北京、しのつくような雨が視界をさえぎっていた」と題した寂聴さんのエッセーに、こう記される。〈私はもう過去に教えこまされ信じこまされた何物をも信じまいとかたくなに心をとざしていた（中略）もう自分の手で触れ、自分の皮膚で感じ、自分の目でたしかめたもの以外は信じまいと思った〉

「この決意が、戦後の寂聴さんの人生と文学の出発点になったといえます。夫の教え子との恋愛も、夫と幼い娘を置いて家を出たことも、51歳で出家し、独りで生きたことも、全てこの言葉に帰結すると言っても過言ではありません」。富永さんが力を込めた。

1945年7月の徳島大空襲で焼け野原となった徳島市中心部（徳島県立文書館提供）

寂聴記念室で開かれた中央展示。北京時代の寂聴さんが編み物をしている
＝2022年、徳島県立文学書道館

大空襲で母亡くす　作家・反戦活動の原点

「眉山がこんなに近いとは思わなかった」

89歳の瀬戸内寂聴さんをインタビューした際、語った言葉が忘れられない。

北京から引き揚げてきた1946年8月、24歳の寂聴さんは夫と幼い娘と3人で、何とか徳島駅に戻ってきた。しかし、目に飛び込んできたのは45年7月4日の徳島大空襲で焼け野原となった徳島の街だった。

「とにかく何もないの。建物がないと、眉山がすごく近くに見えた。びっくりした」と言葉を継いだ。

徳島県立文学書道館館長の富永正志さんが著した「空襲にみる作家の原点―森内俊雄と瀬戸内寂聴」の表紙の写真は、徳島大空襲直後の廃墟となった徳島市街を撮影したものだ。おそらく寂聴さんの見た光景は、これと変わらなかっただろう。

ぼうぜんと立ち尽くしている寂聴さんを、新町尋常小学校時代の同級生が見つけ、悲しい事実を告げる。実母コハルと祖父が、東大工町の自宅の防空壕で焼死したというのだ。

〈焼けた母の背中は、材木が焼けたように真黒になっていたが、祖父に掩いかぶさっていたので、腹の方が白かったと叔母が話した時、私ははじめて全身に震えが走り、涙があふれた〉（「場所」）

「最愛の母を亡くした悲しみと深い喪失感が伝わってくる文章です」と富永さんが教えてくれた。

母は進歩的な考えの持ち主だった。寂聴さんが東京女子大へ進学したいと伝えた時、真っ先に賛成してくれたのも母だった。女性が大学などへ行くと、嫁のもらい手が無くなるといわれた時代だ。

〈いつ、どんな世の中になるかわからないし、人間の運命も、どうなるかわからない。どんな時が来ても、女がひとりで経済的に自立出来る力をつけておくことが必要だ。結婚が女のすべてではないのだから〉（「母の思い出」）

富永さんは「戦後、寂聴さんが夫と子どもを残して家を出、そのことで世間の批判を浴びながらも作家として自立した生き方を貫いたのは、子どもの頃からの母の影響が大きかったに違いありません」と話す。

富永さんは著書の中で、寂聴さんのエッセー「やまもも」についても触れている。ヤマモモは母の大好物で、空襲の夜も、母がヤマモモを食べたことを、姉艶は父から聞かされていた。母の三十三回忌に帰郷した寂聴さんは、姉と2人でヤマモモを食べる。母を思い出しながら。そして、その年、三十三回忌を迎えたのは母だけでないことに思いを致す。

〈終戦のあの年、戦場で、海で、長崎で、広島で、日本の全国のさまざまな町で、どれだけ多くの人々が戦災死していることだろう。子供を、夫を、婚約者を、愛人を、兄を、弟を、戦場で殺された人々の胸のうちも、無抵抗のまま肉親を焼き殺された国内の非戦闘員の遺族の胸のうちも、等しく三十三回忌の夏を迎えて、新たな痛憤にかきむしられていることだろう〉

「北京で敗戦を迎えた時、価値観が180度変わった寂聴さん。そして、徳島大空襲による母の死という衝撃的な出来事が、後の寂聴さんの作家活動や反戦活動の原点になったことはみじんも疑う余地がない」。富永さんがそう言い切った。

母コハルに抱かれた晴美（寂聴）。
生後半年の頃

寂聴さんが描いた「ヤマモモ」の絵。
徳島県立文学書道館の特別展
「追悼　瀬戸内寂聴」で展示された

眉山の頂上から眺めた徳島市内。城山や新町川、吉野川が望める

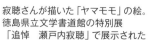

源氏物語

13歳で出合い熱中　最大の仕事　現代語訳達成

〈私の仕事の中では最も大きなことを達成した〉

瀬戸内寂聴さんが徳島新聞にも連載した「寂聴自伝　花ひらく足あと」に、そんな一文がある。「源氏物語」の現代語訳を成し遂げた後の感慨をつづった。

70歳の時に現代語訳に取りかかり、6年かけて全54帖の訳を終えた。第1帖「桐壺」から54帖「夢浮橋」まで10巻にわたる大作で、講談社から出版された。最終巻の刊行を終えたのは1998年4月。1922年5月15日生まれの寂聴さんは、76歳を目前にしていた。

10巻の最後の校正を終えた時には、思わず跳び上がって喜んだという。〈書きあげれば死んでもいいと思っていたのに、その後では、全巻校正して刊行を完了するまでは死ねない、と思いはじめていた〉（「花ひらく足あと」）と記しているほどだ。

源氏物語との出合いは13歳の時。徳島県立徳島高等女学校に入学して間もない頃、校門の左わきにある図書室で、与謝野晶子訳の源氏物語を見つけた。それから毎日、放課後に図書館へ飛んで行き、むさぼるように読みふけった。

寂聴さんは新町尋常小学校に通っていた頃から、かなりの文学少女だった。岩波文庫で外国の有名な小説はほとんど読んでいたが、そのどれよりも源氏物語の方が面白いと思った。

源氏物語に魅了されて〈やっぱり、将来小説家になろうと、その時改めて、決心したのだった〉(「同」)。谷崎潤一郎訳が出版されたのは女学校3年の時だった。今度は買ってもらい、毎月、届いた本を夢中で読んだという。想像するだけで興奮が伝わってくる。

原文にも挑戦。作家になってからも、源氏物語や紫式部について調べ、源氏関連の小説や随筆をたくさん書いた。だが、壮大な古典の現代語訳に取りかかろうと思った理由は、寂聴さんの出家と大きく関わりがある。

1973年、51歳で出家した後、しばらくあまり仕事を入れておらず、睡眠時間も削って書きまくった出家前と違い、ややゆとりのある生活を送っていた。その間に古典を読み直そうと思ったようだ。まず源氏物語。少女時代の感動がよみがえる。あらためて読むと、一つのことに気づいた。光源氏に愛された女君たちが次々に出家してしまうことだ。藤壺の女御をはじめ、大方7割の女君たちが出家を遂げている。〈私はそれに気づいた時、ようやく私も源氏物語を訳してもいいというお墨つきを、何かからもらったような気がした〉(「同」)

源氏物語の現代語訳は、与謝野、谷崎、円地文子の文豪と呼ばれる3人が手掛けており、今更、出る幕ではないと思いこんでいた。しかし、寂聴さんにもついに縁が巡ってきた。

出家前の40代の時、寂聴さんは東京の目白台アパートに仕事場を設けた。そこには晩年の谷崎が半年ほどいた。やがて、円地も入居してきた。

円地が来た理由は、源氏物語の現代語訳に打ち込むためだ。そこで寂聴さんは、円地の壮絶な格闘を目の当たりにする。入退院を繰り返しつつ、粘りに粘って54帖の完訳に成功した。

くしくも円地訳が完成した年の秋、寂聴さんは出家したのだ。

寂聴さんが通っていた頃の県立徳島高等女学校の校舎。徳島県立文学書道館で開かれた特別展「追悼 瀬戸内寂聴」で展示された

県立徳島高等女学校時代の寂聴さん。この頃、源氏物語の面白さに目覚めた

源氏物語の現代語訳は、寂聴さんにとって命を懸けた大仕事だった（県立文学書道館の特別展「追悼 瀬戸内寂聴」から）

親しみやすく美しく
古里巡回展で涙見せる

〈こんなに親しみやすく、こんなにわかりやすく、そして耳から聞いて美しい源氏物語〉
瀬戸内寂聴さんが「源氏物語」の現代語訳を成し遂げた時、歌人の俵万智さんは、そんな賛辞を贈った。

〈いつの御代のことでしたか、女御や更衣が賑々しくお仕えしておりました帝の後宮に、それほど高貴な家柄の御出身ではないのに、帝に誰よりも愛されて、はなばなしく優遇されていらっしゃる更衣がありました〉

瀬戸内源氏は、そんな一文から始まる。試しに声に出して読んでみてはどうだろう。俵さんの評が正しいことが分かるはずだ。

寂聴さんが現代語訳に取り組もうと思った理由は、世界に誇る不滅の文化遺産を、美しく豊かな日本語としてよみがえらせたかったからだ。

源氏物語は、それまで与謝野晶子、谷崎潤一郎、円地文子の3人の文豪が現代語訳し、一世を風靡した。しかし、最も新しく、現代人に読みやすいとされる円地源氏から既に20年以上が過ぎていた。そして、日本人の国語力が低下したためか、その円地訳さえ読まれなくなっていた。

源氏物語の面白さを、全ての日本人に伝えたいと心血を注いで訳したのが、瀬戸内源氏だった。誰にでも親しめる易しい文章、読んだ際のリズム感にこだわったのはそのためだ。それでいて平安貴族の気品が少しも損なわれず、格調高く伝わってくる。それが瀬戸内源氏の特色だった。

1998年に全10巻の出版を終えると、たちまちミリオンセラーに。今では350万部を超える大ロングセラーになっている。

訳業を終えると、今度は普及に取り組んだ。新聞に、テレビに、講演会にと、あらゆる機会を使ってPRに努めた。そのかいあって、空前の源氏ブームがやって来た。その火付け役となったのが寂聴さんだ。

98年4月、東京・日本橋高島屋で開かれた「瀬戸内寂聴と『源氏物語』展」を皮切りに、全国を巡回し、5月には故郷の徳島でも展覧会が開かれた。約4千枚の直筆原稿など源氏関連だけにとどまらず、出奔、エネルギッシュな作家活動、突然の出家と、恋に生き、文学に生きた寂聴さんの波乱に富んだ半生を丸ごと紹介する回顧展だった。

徳島そごう（当時）で開かれた同展は、初日から大盛況となった。

徳島県立文学書道館館長で当時、徳島新聞の寂聴番記者だった富永正志さんは、展示を寂聴さんと一緒に見て回った。「こんなにたくさん人が来てくれてよかったですね」と富永さんが言うと、寂聴さんは「本当にねえ」と言ったきり黙ってしまった。富永さんがふと横を見ると、寂聴さんはこっそり涙を拭っていた。

若き日に夫と幼い娘を残して家庭を飛び出した寂聴さん。石もて追われるように古里を後にした寂聴さんは出家後、徳島に文化の種をまこうと若者らを対象に寂聴塾や徳島塾を開き、古里に恩返しをし続けた。

展覧会当時、寂聴さんは76歳。作家としても僧侶としても人気絶頂にあったが、郷里に対する負い目は完全に消え去っていなかったのかもしれない。源氏物語の完訳という偉業を成し遂げ、記念展を徳島で開いた時に、ようやく故郷に錦を飾ることができたと実感できたのだ。

千年紀を記念して開かれた「寂聴　源氏物語展」＝2008年、徳島県立文学書道館

古里で開かれた「瀬戸内寂聴と『源氏物語』展」でテープカットする寂聴さん
＝1998年5月、徳島市

女君の「出家物語」浮舟と似た運命背負う

瀬戸内寂聴さんは「源氏物語」の魅力について〈小説としての面白さに尽きる。一人一人の性格を書き分けており、人物の心理描写が行き届いている〉と多くの著作に記している。現代語訳に取り組んだ6年間も、原作に忠実に訳しながらも、作家として紫式部に共感しながら言葉をつむいだに違いない。

全54帖のうち「宇治十帖」と呼ばれる最後の10帖は、寂聴さんが少女時代から特に面白いと夢中になった恋物語だ。光源氏亡き後の世界が描かれる。

特に源氏の弟・宇治八の宮の三女・浮舟は、数奇な運命をたどるドラマチックなヒロインで、寂聴さんにとっても特別の存在だ。

浮舟は精神的には薫を尊敬し大事に思いながらも、肉体は匂宮に強く引かれる。つまり「精神と肉体の乖離」を描いているのだ。そして、それに引き裂かれそうになった挙げ句、罪の意識から川に身を投げ、出家の道を選ぶ。

まるで寂聴さんの生き方にそっくりだ。「子宮作家」とバッシングされた「花芯」のテーマも「精神と肉体の乖離」だった。作家小田仁二郎と初恋の人涼太との不思議な三角関係を描いた代表作「夏の終り」とも相通じるものがある。恋に生き、疲れ果て何度も自殺未遂を繰り返し、最後に出家するところまで、浮舟の生き方と似ている。

行方不明になった浮舟が生きていたことが明かされる第53帖「手習」で、浮舟のこんな言葉を見つけた。

〈おお、いやなこと。この世に生き永らえて、どんなことがあっても、わたしは結婚だけはしたくない。それにつけても結婚などしたら、辛かった昔のことが思い出されるにちがいない。男女の関係は一切思い切って、忘れてしまおう〉

寂聴さんは若き日に夫と幼い娘を捨てて出奔後、離婚した。その後、多くの恋愛を経験したが、決して再婚することはなく、2021年11月9日、99歳で亡くなるまで独身で生きることを選んだ。この浮舟の言葉を訳した際、どんな気持ちだったのだろう。

「手習」では、浮舟の得度式の様子も詳しく描写される。導師となった横川の僧都が、弟子の阿闍梨に命じて浮舟の髪を切らせる場面がある。これに想を得て、寂聴さんは1999年、「髪」という短編小説を書いた。それを題材に翌年、新作能の台本「夢浮橋」を発表した。浮舟の長い黒髪を切り取る役目を果たした僧侶の煩悩を描く。

寂聴さんが1973年11月、岩手県の中尊寺で出家得度した際に切り取った黒髪は、98年に古里徳島で開かれ大成功を収めた「瀬戸内寂聴と『源氏物語』展」で展示された。2022年、徳島県立文学書道館で開かれた特別展「追悼　瀬戸内寂聴」でも、寂聴さんの黒髪と最後の晴れ着となった色留め袖が、久しぶりに公開された。

寂聴さんは源氏物語は女君たちの出家物語だと解釈した。女君は愛のために悩み、苦しみ、その愛を断ち切るために出家していった。2007年の随筆「女が救われるために」に、源氏物語の結末についてつづったこんな一文がある。

〈私自身が中尊寺で出家して剃髪してから、あれはハッピーエンドなんだ、あれこそが紫式部が書きたかったことだ、と思うようになった〉。出家して心が解放され、いかに自由になるかを知った寂聴さんの実感だろう。

寂聴さんが得度式で最後に着た色留め袖＝徳島県立文学書道館

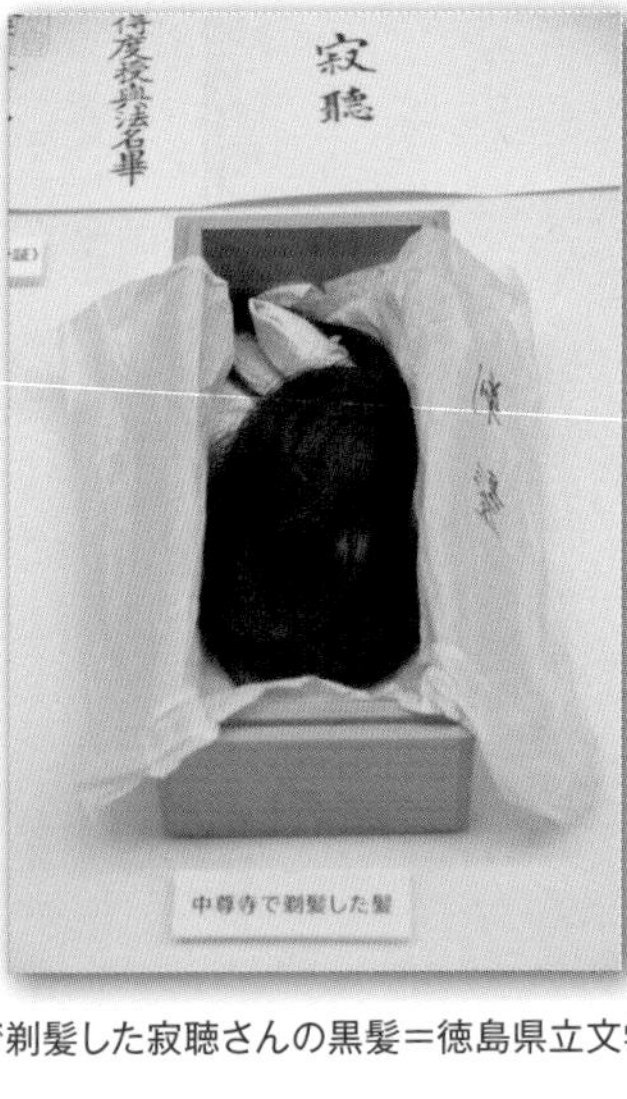

中尊寺で剃髪した寂聴さんの黒髪＝徳島県立文学書道館

最も好きな「柏木」恋のため淡雪のように死ぬ

2022年2月1日から「瀬戸内寂聴訳　源氏物語」（講談社文庫）を読み始めた。一日1帖ずつ読んで3月26日に54帖「夢浮橋」を読み終える目標を定めたが、全10巻の現代語訳を実際に読破したのは4月30日早朝だった。丸3カ月を要したことになる。

生活文化部記者として初めて寂聴さんにあいさつしたのは2010年4月のことだった。寂聴さんが87歳の時だ。徳島県立文学書道館の館長室で「源氏物語ゆかりの柏木だと覚えてください」と名刺を渡したことをはっきりと覚えている。

寂聴さんは「柏木さんね。私は柏木がとても好きよ。だって、かわいそうじゃない」と言った。

源氏物語の柏木は、主人公光源氏の正妻・女三の宮と密通したために、源氏への恐れと、罪の意識から重い病気にかかり、死んでいく。不義の子・薫の実の父である。確かにかわいそうな登場人物だ。

寂聴さんが亡くなった今、もっと柏木を好きな理由を詳しく聞いておけばよかったと後悔している。

寂聴さんの源氏物語関連の著作を読んでいて、こんな文章を見つけた。

〈どの男が好きかとよく聞かれるが、恋のために淡雪のように死んでいく柏木が、この大長編小説中で私の一番好きな男である〉（「女が救われるために」）

源氏物語千年紀の2008年に出版された「源氏物語の男君たち」という著作では「柏木の悲しい恋」と

題した章があり、命懸けで密通に至った柏木の心理が詳しく分析されている。読んでいて、寂聴さんが柏木を好きな理由が分かったような気がした。

柏木は源氏のライバルの頭の中将の長男で、容姿が優れ聡明で、自慢の秘蔵っ子。源氏の君からもかわいがられ、期待されていた。

〈どこでどう間違ったのでしょうか、女三の宮の立姿を見た一瞬から、恋に取りつかれてしまったのです〉

（「源氏物語の男君たち」）

「恋は雷に打たれたようなもの」が口癖だった寂聴さんは、柏木の純粋な恋心が好きだったに違いない。

寂聴さんが、源氏物語の現代語訳に挑んだのは、日本が世界に誇る文化遺産を、多くの現代人に読んでほしかったからだ。面白さを伝えたかったからだ。

海外の日本文学研究者や特派員が来日した際に驚愕する事実の一つに「多くの日本人が源氏物語を読んだことがない」と答えることだと、寂聴さんは口を酸っぱくして語る。

寂聴さんは、これを恥ずべきことだと感じ、誰にでも読める現代語として完訳したのだ。

実は筆者も大学時代に大和和紀さんの漫画「あさきゆめみし」を全巻読んで、あらすじを知っているに過ぎなかった。偶然にも2022年、「あさきゆめみし」の新装版全7巻も刊行された。なぜもっと早く瀬戸内源氏を読んでおかなかったのか。そして、寂聴さんも奨励していた大和さんの作品についても話を聞いてみたかった。

当時、寂聴さんが最後の大仕事だとして完訳した「源氏物語」は、現代人のかけがえのない財産だ。郷土の徳島県民こそ、手に取って読んでみてほしい。生誕100年の今年、朗読イベントや教育活動で、瀬戸内源氏に再び光が当てられることを望む。

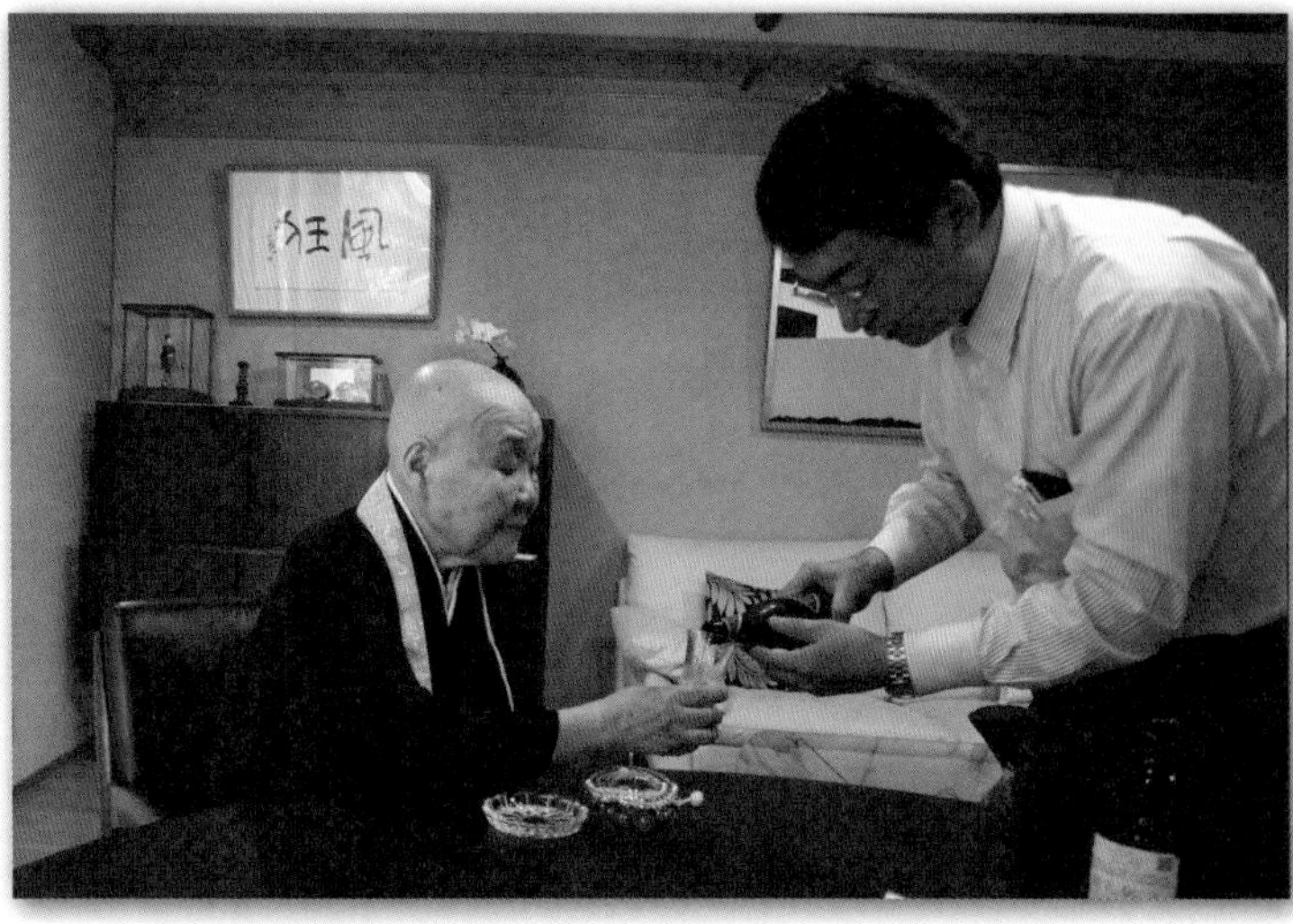

寂聴さんにビールをつぐ筆者。古里徳島の話で盛り上がった
＝2011年6月、京都・嵯峨野の寂庵

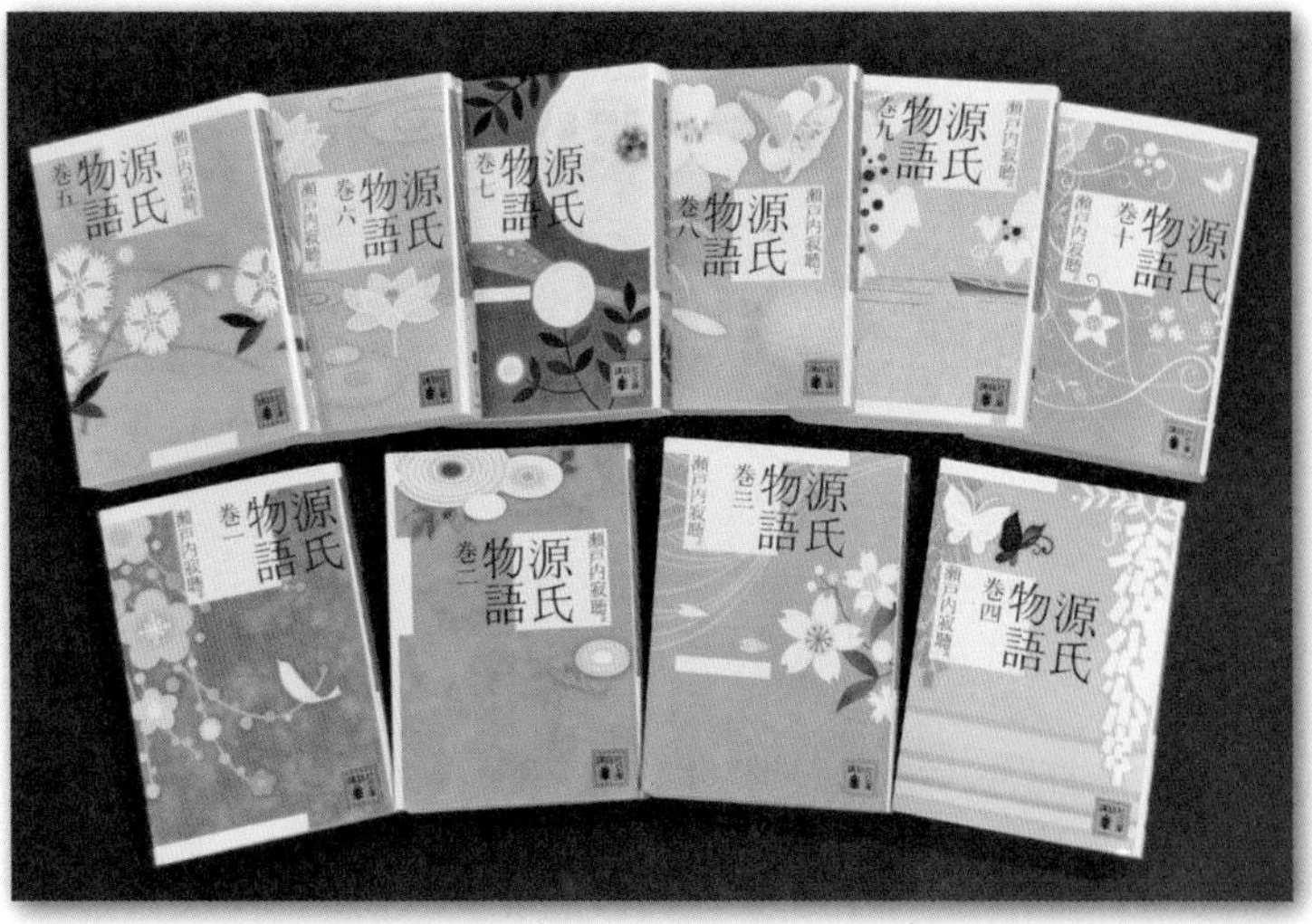

筆者が読んだ瀬戸内寂聴訳「源氏物語」の講談社文庫版

徳島ラジオ商事件

女性差別で冤罪に　体当たりで茂子さん支援

2021年11月、99歳で亡くなった瀬戸内寂聴さんは、よく遺言を書く人だった。「寂聴　九十七歳の遺言」という本を出版したことがある。まだ元気だったのに、なぜそんなタイトルにしたかと、秘書の瀬尾まなほさんが尋ねると「売れそうだったから」と冗談交じりに答えた。ユーモア好きな寂聴さんらしい。

2013年に出版した「それでも人は生きていく　冤罪・連合赤軍・オウム・反戦・反核」の序文は、もっと真剣で切実だ。「九十一歳の遺言として」と題して、こう述懐している。〈私は作家としての立場で、敗戦後の日本に起る様々の事件や現象につきあってきたが、その度、自分の心に従って事件に立ち向かい、ペンで書いたり、裁判に立ちあったりして、体当たりでその事件や、それによって起る世間の現象に、自分自身の解釈を得ようとつとめてきた〉

その最たるものが「徳島ラジオ商事件」だった。1953（昭和28）年11月5日早朝、徳島市八百屋町のラジオ商（電気店）の男性経営者が、自宅で何者かに刺殺された。犯人とされたのが、妻（未入籍）だった冨士茂子さんだ。死後に再審が認められ、無罪を勝ち取ったが、戦後最大級の冤罪事件となった。

晴美時代の寂聴さんが「婦人公論」で事件のルポを書いたのは60年。作家としてデビューして間もない30

代の頃だ。それから約四半世紀、寂聴さんは茂子さんを支援し続けた。

資料を読みあさり、徹底的に調べれば調べるほど、茂子さんは無実だと思われた。そもそも外部犯行説で警察が調べていたにもかかわらず、検察の一方的な判断で事件から9カ月後の54年8月、茂子さんが逮捕された。

茂子さんは、犯行を否認したが56年、一審で懲役13年の判決を言い渡された。直ちに控訴したが、翌年の二審も、控訴棄却となった。さらに上告したが、間もなく茂子さんは自ら取り下げ、刑が確定した。

茂子さんが上告を取り下げたのは、罪を認めたからでなく、裁判不信からだったことが、寂聴さんの心に引っかかった。

夫が殺害されたのは、茂子さん（当時43）と小学生の娘が3人で寝ている自宅寝室だった。有罪の決め手となったのは、少年だった2人の店員の証言（偽証）だけだった。犯行現場に居合わせた幼い娘の証言は聞き入れられなかった。

何度も徳島へ足を運び、茂子さんの無罪を信じる、おい（めいの夫）の渡辺倍夫さんらに話を聞いた。そこで分かったのは、茂子さんが上告を取り下げた最大の理由は、裁判を続けると経済的負担が大きいため、残された娘の教育費が残せないという不安からだった。それよりも刑期を終え、出所後、巌窟王のように自分で真犯人を捜すという強い意志が茂子さんにはあった。

この悲惨な冤罪を生んだ原因について、寂聴さんは「差別」だと断言する。茂子さんが昔、カフェのマダムだったという職業的差別、女性だからという差別、婚姻届を出していない妻だからという差別。「そういう差別感があるから、ものを見る目が曇ってしまい、最初から正しい姿がまるで見えなかった」。

著作の壁の前で思い出を語る寂聴さん＝2011年、徳島県立文学書道館

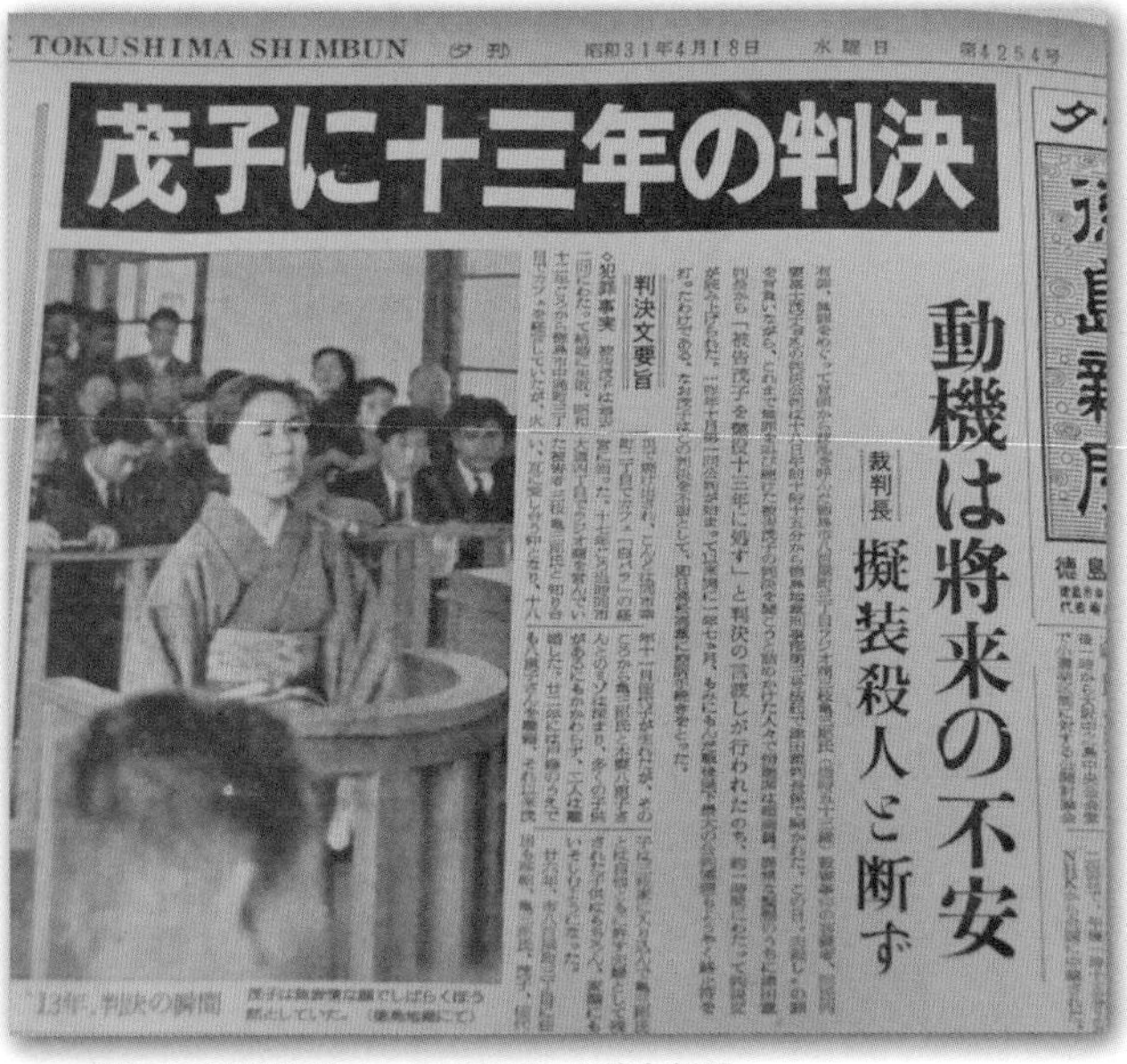

TOKUSHIMA SHIMBUN　夕刊　昭和31年4月18日　水曜日　第4254号

茂子に十三年の判決

動機は将来の不安

裁判長　擬装殺人と断ず

判決文要旨

"13年"判決の瞬間

徳島ラジオ商事件の一審を報道した徳島新聞。
冨士茂子さんに懲役13年の判決が下された（1956年4月18日付）

無実確信した逸話　陽気で頑固　多くの共通点

徳島ラジオ商事件で冤罪に翻弄された冨士茂子さんと、支援した瀬戸内寂聴さんには、同郷という以外にも多くの共通点があった。

2人とも徳島県立徳島高等女学校出身。同じ5月生まれ。茂子さんが一回り年上だったが、戌年であることまで同じだった。もう一つは、幼い娘と長い間、別れて暮らしたということ。寂聴さんは、恋のため、作家になるという夢のため、25歳でまだ3歳の娘と夫を残して出奔した。茂子さんは、夫殺しとして無実の罪を背負わされ、12年以上服役し、小学生の娘と引き離された。

茂子さんが和歌山刑務所に服役中、寂聴さんは面会を試みたが実現しなかった。茂子さんは刑務所内で「改悛の情なき模範囚」と呼ばれていた。殺していないから罪を悔やむことはない。その一点だけは、頑として認めなかった。寂聴さんはその間、市川房枝さん、神近市子さんらと「冨士茂子の再審を要求する会」をつくり、仮釈放を求め続けた。

初めて直接会ったのは、1966年11月30日に仮出所した茂子さんが、東京に住んでいた寂聴さんを訪ねてきてくれた時だ。事件当時、43歳だった茂子さんは56歳になっていた。年齢よりもふけて見えた。

最初は寂聴さんのことを警戒しているようだった。しかし、何年か付き合ううちに、出所当時とは見違えるように親密になった。

2011年、寂聴さんをインタビューした際、茂子さんについて、こんなエピソードを聞いた。

出所後､渋谷の金物店に勤めていた茂子さんは､ある日､寂聴さんのマンションを訪ね､台所の包丁を見て「せんせ、こんなぼろの包丁使うとったらあかん。今度、私がもっとええのを持ってきたげるけん」と言って帰って行った。

別の日、茂子さんは「はい、お土産」と言って、新聞紙にくるんだ何かを手渡した。新しい包丁だった。

「ぎょっとしました。だって、夫を包丁で殺害したという罪で服役していたのですから。でも、その時、私は確信しました。茂子さんは、絶対に無実だ。本当に殺していたら、そんなことできない」

まるで昨日あったことのように話す寂聴さんの表情が忘れられない。

すっかり打ち解けた茂子さんは、陽気で人懐こく、お人よしで頑固で一徹な点まで寂聴さんと似ていた。よく阿波弁で話した。ある時、寂聴さん宅のやかんを見て「せんせ、こんなさびとるやかん、使うたらあかん。ぶんりょるでえ」と言ったらしい。

「ぶんりょる（漏れている）なんて言葉、久しぶりに聞きましたよ。でも、私とは気兼ねなく阿波弁でしゃべれるので、茂子さんも落ち着けたんでしょうね」

そんな茂子さんも、裁判の話になると「死ぬまで闘いますよ。そのために生きようとしたんだから」と厳しい表情になった。

1978年1月31日、寂聴さんと茂子さんは、眉山の麓にある墓に祈りをささげた。徳島ラジオ商事件で何者かに殺害された夫の墓だ。「お父ちゃん、行ってくるけん」

そして午後2時、2人は徳島地方裁判所に再審を求める請求書を差し出した。5度目の挑戦が始まった。

徳島ラジオ商事件に関連した展示＝徳島県立文学書道館

昭和41年12月1日　木曜日

ただ一言"感無量"　出所した茂子さん

無実の執念秘めて　新しい和服、目には涙

冨士茂子さんの仮出所を報道する徳島新聞（1966年12月1日付）

文化人に支援の輪

再審と無罪判決に感涙

「瀬戸内寂聴さんは、虐げられた人々の心に寄り添った本当にすごい人。徳島ラジオ商事件では、電話をするとすぐ徳島に戻って来てくれた。そのカリスマが世論を巻き込んだ支援につながった」

1978年1月31日から始まった冨士茂子さんの第5次再審請求から支援活動に参加した阿部榮次さん＝徳島市、千松自動車教習所会長＝は振り返る。四国女子大（四国大）で講師をしていた30代の頃だ。中央大学大学院で刑事法を専門に学び、冤罪にも関心があった。必然のように支援に回った。

弁護士の林伸豪さん＝徳島市＝も、第5次再審請求から支援に携わった一人。今も思い出すのは、茂子さんの支援運動には、文化人が多かったことだ。市川房枝さん、神近市子さん、開高健さん、奈良岡朋子さん…。「その中心になったのが寂聴さんだった。いや、寂聴さんが意欲的に文化人に働きかけ、支援の輪を広げてきた結果、そうなったと言っていい」

林さんは支援活動の中で、第5次再審請求直後の78年2月17日に徳島市文化センターで開かれた大集会の役割が大きいと考えている。「徳島事件の真実と嘘」と題し、寂聴さんらが講師を務めた。

当日は大ホールが満員になった。茂子さん本人の心を込めた懸命な無実の訴えも、訪れた参加者を感動の渦に巻き込んだ。

「この時、ラジオ商事件に対する県民の見方ががらっと変わった。そして、寂聴さんに対する県民の意識も。

それまで県民が寂聴さんに抱いていた偏見を拭い去らせるに十分な訴えだった。偉大な人間性が認められた」と林さん。

この日の大集会が引き金となり、再審へ向け、無罪判決へ向け、応援運動が大きなうねりとなって盛り上がっていった。県内全域に。そして、全国へ。

ところが、そんな矢先の79年、茂子さんはがんに侵され、69歳で無念の死を遂げた。思いは茂子さんのきょうだいが引き継ぎ、第6次再審請求が出され、ついに80年12月13日、再審開始決定として結実した。

この日も寂聴さんは、徳島地裁前の演台に立ち、茂子さんの遺影を前に、涙を流しながら喜びを爆発させた。そして、5年後の85年7月9日、ついに無罪判決を勝ち取ったのだ。寂聴さんにとっても、実に四半世紀を超える闘いだった。

ここぞといえる重要な日には、いつも茂子さんと一緒にいた。晴美時代に始まった支援活動は、僧侶になってからも決して変わることはなかった。だが、あまりにも長い歳月。4年前、共に闘った市川房枝さんも他界した。そして茂子さんも、もう傍らにはいない。

冤罪という名の権力の暴走。徳島地裁前で寂聴さんは泣き崩れながら、こう語った。「無罪になって茂子さんはきっと喜んでいることでしょう。でも、なぜもっと早く生きているうちに判決が出せなかったの」

瀬戸内寂聴、63歳の夏のことだった。

再審開始決定を受けて涙ぐむ寂聴さん。左隣りは市川房枝さん
＝1980年12月13日、徳島地裁前

冨士茂子さんの無罪判決を勝ち取り、
万歳して喜ぶ瀬戸内寂聴さんら
＝1985年7月9日、徳島地裁前

無罪判決を受けて「茂子さんもきっと喜んでいるでしょう」と語る寂聴さん
＝1985年7月9日、徳島地裁前

本音語った茂子さん　獄中経験や犯人扱いの日々

「瀬戸内寂聴物語　徳島ラジオ商事件」では、無実の罪と闘った冨士茂子さんが逮捕された際の徳島新聞紙面を使った。見出しに衝撃を受けた読者も多かっただろう。

〈茂子に十三年の判決〉

呼びつけである。今では逮捕された際は「容疑者」。起訴された後は「被告」、刑が確定すれば「受刑者」などと記される。だが、逮捕された1954（昭和29）年当時では、誰も違和感を唱えなかった。そればかりか、法廷で判決を受ける姿まで写真撮影されている。

84年出版の冨士茂子遺歌集「埋み火」に、こんな短歌を見つけた。

〈敬称もつけず茂子と呼ばれし日の長かりし記事を読みつぐ〉

〈殺人の汚名の母に耐えし子はその迫害につゆふれずいる〉

犯人扱いされて辛かっただろう。「茂子」と呼ばれ、世間から白い目でみられた心の傷は、生涯、癒えることはなかったはずだ。何よりも、小学生だったまな娘と引き離された苦しみはどれほどだったか。

茂子さんは出所後、渋谷の金物店で定年まで勤め、東京を去って郷里の徳島へ戻ってきた。

ある日、京都・嵯峨野の寂庵を訪ねた茂子さんが、寂聴さんにしみじみと語った。「徳島の人は私が殺ったと今でも思うとる人がいっぱいいる。それでも、信じられんくらいたくさんの人が、私の無実を信じて励ましてくれるんでよ」

市川房枝さんや神近市子さんら、たくさんの文化人が茂子さんを支援した。ある時、茂子さんが寂聴さんに本音を漏らしたことがある。「一番信頼しているのは神近先生だ。あの方は獄中に入った経験があるから」

神近さんは1888（明治21）年生まれ。平塚らいてうが女性のために創刊した雑誌「青鞜」に参加した女性運動家で、戦後は衆議院議員を務めた。そんな神近さんは若き日、大杉栄、伊藤野枝との恋のもつれから大杉の首を刺すという「日蔭茶屋事件」を起こしており、2年間服役した経験がある。

野枝の伝記小説「美は乱調にあり」や、青鞜の女性たちを小説風につづった「烈しい生と美しい死を」に詳しく描かれている。

刑務所に入ったことがない者には、どうしても分からない部分がある。茂子さんは寂聴さんにそう言いたかったのだろう。

寂聴さんはラジオ商事件をきっかけに、裁判記録を読むようになった。1968年に発表した伝記小説「遠い声」は、明治の大逆事件で幸徳秋水らと共に女性で唯一死刑になった管野須賀子が、処刑の前日に思い出を振り返るモノローグ形式で書かれている。

生誕100年となった5月に出版された「私解説　ペン一本で生きてきた」には、こう記される。

〈「遠い声」という題は自然に浮んできた。須賀子は自分の死後、三十年、五十年もたてば、自分たちの死を正しく見直してくれる日が来るであろうと書いている〉

死後再審で無罪判決を勝ち取った茂子さんも、似た気持ちでなかっただろうか。「無実が認められる日が必ずやって来る」。寂聴さんや多くの支援者の声が、亡くなるその日まで茂子さんの心に寄り添い続けた。

荒畑寒村が使っていた万年筆

獄中の荒畑寒村に管野須賀子が
差し入れた英訳版の「罪と罰」

瀬戸内寂聴著「烈しい生と美しい死を」
（新潮社刊）

瀬戸内寂聴著「私解説」
（新潮社刊）

瀬戸内家の人々

自由な妹見守り続け　姉・艶さん　文学愛し歌人に

瀬戸内寂聴さんにとって、最も大切だった肉親は、きっと瀬戸内艶さんだ。両親を20代の時に亡くした寂聴さんには、たった一人の仲良しの姉で、良き理解者だった。どんな時も、寂聴さんを助け、支え続けてくれた。恋や作家生活に疲れ、生き直すために51歳で出家をした時も、岩手県平泉の中尊寺で得度式に臨んだ時も、そばで見守ってくれた。寂聴さんが若き日に家庭を捨て、思いのままに生きる道を選べたのも、艶さんが家業の仏具商を継いでくれたおかげだ。指物職人の父豊吉お気に入りの弟子豹行さんを養子に迎え、瀬戸内家を存続させてくれた。艶さんは歌誌「水甕」の歌人でもあった。1970年刊行の第1歌集「風の象」に、晴美時代の寂聴さんが「はらから」と題してこんな文を贈っている。

〈私がこんなふうな世間並の枠から外れた生活を出来たのも、今日たったひとりの肉親になってしまった姉が、私の人格を認め、私の自由を束縛しなかったからこそ出来たのであって、その点でも私はまた姉に頭が上がらない〉

また、こうも書く。

〈私のどんな立場の時も、姉は私の行動を、世間並の道徳や、世間態の目のためにいましめたり、水をさしたりしたことはかつて一度もなかった。世間がすべて私の行為を批難していた頃、小さな町で姉はどんなに

か肩身のせまい、恥かしい目にも逢っただろうに、そういうことはかつて一度も私にぐちったり責めたりしたことはなかった〉

寂聴さんと艶さんは、少女時代から対照的な姉妹だった。瀬戸内家の姉はおとなしく、妹はおてんばというのが、世間の評だった。

しかし、控えめで無口だった艶さんは、戦争を通して、すっかり強くなった。26歳の年から8年間、夫を戦地に取られ、その留守に2人の子どもを抱えて戦災にあった。

寂聴さんは、艶さんがたくましくなったのは、姉の中に深く隠れていたものが殻を破ってはじき出てきたからだと思った。シベリア抑留から復員した夫と共に、徳島市東大工町にある瀬戸内神仏具店を必死に守った。父が亡くなった翌年の51年、艶さんに短歌の道を進めたのが、寂聴さんだった。そして、エールを送った。

〈私は今、文学とは、人間の傷口から流れる血だという考え方を持つようになっている。姉の歌が、有閑マダムのお稽古ごとの域を脱して、少しは「歌」になっているとしたら、姉が自分の傷をいやすことだけにつとめず、傷口をひろげその血で歌を書こうとしはじめたからではないかと思う〉（「はらから」）

艶さんは、寂聴さんの教えをしっかり守った。そして、立派な歌人になった。

しかし、がんのため1984年2月28日、66歳で生涯を終えた。翌年、長男の敬治さんが編んだ追悼集「花散りいそぐ」に、艶さんは六十数年の人生を振り返りながら、こんな言葉を残している。

〈その最も激しかったことは、ただ一人の妹が五十歳を越えたばかりで出離したことであり、その妹の果断さを怖れながらも一種の羨望を禁じ得なかったのも同じ血のつながりによるものでありましょうか〉

文学を愛し、文学に情熱を傾けた2人。実は対照的ではなく、とてもよく似た姉妹だった。

徳島高女へ入学した頃の艶さん（右）。自慢の妹晴美と

寂聴さんの得度10周年記念の会で寂庵を訪ねた艶さん（右）。左は敬治さん
＝1983年11月、京都・嵯峨野

絆深めた最後の正月　笑顔残し先に逝ったおい

瀬戸内寂聴さんの姉艶さんが「余命3カ月」を宣告された後、寂聴さんは心配のあまり、頻繁に徳島へ帰ってくるようになった。

艶さんの追悼集「花散りいそぐ」の巻頭には、寂聴さんや艶さんの思い出の写真がたくさん並ぶ。1984年元日に撮影された一枚は特に象徴的だ。病院から3日間だけ退院を許された艶さんが、お節料理を前に豹行さんや寂聴さんらと笑顔で記念撮影している。艶さんの長男敬治さんだけが写っていないのは、シャッターを押した本人だからだろう。

「この頃からです。寂聴さんと私たち孫がすごく親密になったのは」。敬治さんの長男啓資さんと長女宮本祥子さんが口をそろえた。2人は現在、兄妹で徳島市東大工町の瀬戸内神仏具店を営んでいる。

大みそか、寂聴さんは啓資さんと祥子さんを連れて、そごう（当時）の地下を駆け回り、正月料理を次々に買い求めた。どこにいても目立つ寂聴さんが一般客に交じって買い物をするのだから「すごく見られているると感じた。思い出すと笑う」と祥子さん。

それまでは年に1度ほど、艶さんの所へ帰ってくるくらいで、啓資さんや祥子さんとは、軽くあいさつを交わす程度の間柄だった。しかし、その年末年始を含む3カ月間は、距離が確実に縮まった。

そんな瀬戸内家の人々の中で、艶さん亡き後、最も寂聴さんと仲が良かったのが、おいの敬治さんだった。

くりだ。

敬治さんは自由奔放で、これほどプラス思考の人がいるのかと思えるほど陽気な性格だった。寂聴さんとそっ

祥子さんは寂聴さんに「私が敬ちゃんのことを大好きな理由が分かる?」と聞かれたことがある。寂聴さんが夫と幼い娘を捨てて出奔した後、こっそり徳島へ帰って来た際、敬治さんがおにぎりを作ってくれたらしい。「『敬ちゃんは根がほんまに優しい子なんよ』ってけらけら笑いながら話していました」

寂聴さんが2018年から亡くなった21年まで文芸誌「群像」に連載したエッセーをまとめた「その日まで」に、寂聴さんと艶さん、敬治さんの仲の良さを象徴する文章がある。

夢の中で寂聴さんは笑い転げていた。笑い過ぎて息が詰まり、誰かに背中をたたいてもらう。それが敬治さんだった。大きな火鉢の向こうで艶さんも背中をあえがせて、ひいひい笑っている。そこは瀬戸内神仏具店の店先だった。

〈「三人寄れば、どして、いつもこない笑うんだろ」私はまだ笑いすぎて出るしゃっくりに、声をあえがせながら言った。「ほんまに」「気が合うからじゃ」姉と敬治が同時に言った〉

寂聴さんは、敬治さんへのオマージュとして、この文章を書いたのだろう。19年1月31日、敬治さんは80歳の生涯を閉じた。「はあちゃん(寂聴さん)の葬式を出すまでは死ねへんからな」と言っていたのに、96歳の寂聴さんよりも早く逝ってしまった。

寂聴さんはおいの危篤の知らせを受けた時、京都から車で4時間かけて見舞いに駆け付けた。3年4カ月ぶりの徳島だった。葬儀は2月4日に行われた。寂聴さんが古里の地を踏んだのは、それが最後となった。

3日間だけ退院を許された艶さん（左から2人目）は、家族で最後の元日を祝った。寂聴さんも京都から駆け付けた＝1984年1月1日、徳島市

姉艶と

大好きなおい、敬治さん（右）と寂聴さん。瀬戸内神仏具店にパネルが飾られている

最後の随筆集に父母放浪への憧れは父譲りか

瀬戸内寂聴さんの母コハルは、白いふくよかな肌が自慢だった。晴美時代の幼い寂聴さんは、とても甘えん坊で、6歳になっても母親の乳房をいじりながらでないと眠れなかったらしい。絶筆となったエッセー集「その日まで」にも回想シーンがつづられる。

その白い肌が戦争によって奪われた。1945年7月4日の徳島大空襲で、コハルは自宅防空壕で実父（寂聴さんの母方の祖父）と共に焼死してしまう。祖父を守るように覆いかぶさっていたため、黒焦げだったにもかかわらず、腹の方は白い肌が残っていた。翌年、北京から引き揚げて来た寂聴さんが知った話だ。

〈爆死せし亡母の忌に咲く向日葵の曳く影を吾が夏の喪とせり〉

姉艶さんの追悼集「花散りいそぐ」の中で、寂聴選百首と名付けて収められた。最愛の母の死は、姉妹にとって、夏が巡って来るたびに思い出す深い悲しみだったに違いない。

1歳ごろの寂聴さんが母の膝に抱かれたセピア色の写真がある。中央に5歳年上の艶さんがいる。実はこんなに痩せた母の姿を、寂聴さんは覚えていない。物心がついた寂聴さんの記憶に残っている母は、病気が治って、ぽっちゃりしていたからだ。撮影の頃、コハルは胸を患っており、死期を感じ、たくさんの写真を残している。

コハルは進歩的な考え方の持ち主で、大正時代にバースコントロールを実践し、子どもは2人しかもうけなかった。そして、教育を付けるために、2人とも女学校を卒業させた。寂聴さんに至っては、戦時中にありながら東京女子大まで卒業させてくれた。

大好きな母。寂聴さんが小学生の頃から、小説家になることを信じ切り、疑わなかった母だった。

そんな話を寂聴さんの生家である瀬戸内神仏具店でしていると、艶さんの孫の瀬戸内啓資さんと宮本祥子さんが「私たちには、寂聴さんはお父さんの方が大好きだったように思えた」と言う。

寂聴さんが70代後半で書いた自伝的小説「場所」の取材に啓資さんと祥子さんは同行したらしい。

豊吉は香川県引田町（東かがわ市）の出身。「場所」は父のルーツをたどる章から始まる。寂聴さんは幼い日に父と訪ねた思い出の場所を探し歩いた。

「ここはお父さんと来た所とか、ここでお父さんに話を聞いたとか、ハイテンションでしゃべりっぱなしだった」と祥子さん。

確かに「場所」にも、こんな一節がある。〈自分が七十代を迎えた頃から、私はあれほど溺愛してくれた母より、生前、対話もほとんどなかった父を、よりいっそう思い出しているのに気づいた〉

手先が器用なのも父親譲り。放浪への憧れも、実は豊吉やその父三谷峰八から受け継いだ無頼の血が流れていたからではないかと、寂聴さんは述懐している。

「その日まで」の最後の「欄間」は、くしくも父豊吉の仕事をテーマにした内容だった。亡くなる年の2021年春に書かれたこの作品の最終ページに、こんな一文を見つけた。

〈こんな形で自分が彫った欄間が、私の日常にしみついてきたことを、父の霊は、あの照れくさそうな笑い顔で、喜んでくれているだろうか〉。

母コハルに抱かれて記念撮影する晴美（寂聴さん）。中央は姉の艶

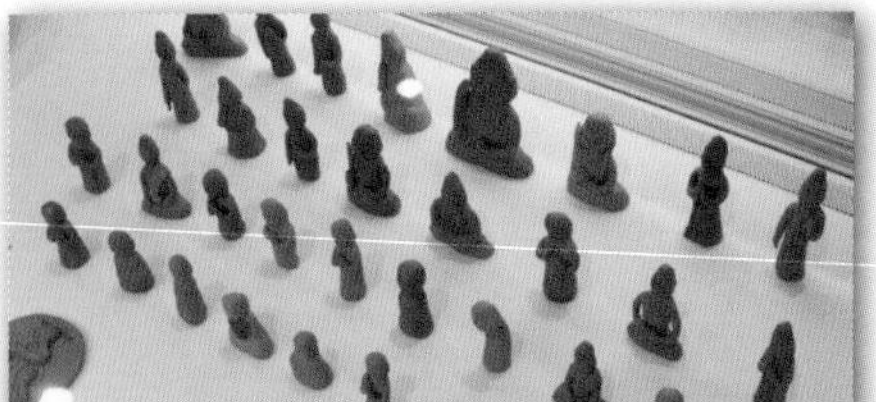

寂聴さんが作った土仏。
父豊吉に似て手先が器用だった
＝徳島県立文学書道館

母コハルが編んでくれた帽子を描いた
寂聴さんの絵＝徳島県立文学書道館

古里徳島に戻った魂
いつまでも生家を大切に思う

２０２２年５月15日、21年11月９日に99歳で亡くなった瀬戸内寂聴さんの遺骨が、四国霊場17番札所井戸寺（徳島市国府町）に建てられた納骨堂に納められた。生きていれば１００歳となる誕生日だった。長年、京都で暮らした寂聴さんの魂が、やっと古里の徳島市に帰ってきたのだ。

約１６０人が参列した納骨式典の後、納骨堂の前でいつまでも名残惜しそうに遺影を見つめる３人の姿があった。寂聴さんの姉艶さんの孫、瀬戸内啓資さんと宮本祥子さん、祥子さんの夫靖さんだ。

瀬戸内家の墓は、香川県東かがわ市の積善坊という古いお寺にある。寂聴さんの父豊吉が旧引田町黒羽出身のためだ。

豊吉は元々、三谷姓。幼い頃に徳島の指物屋に奉公に出され、徳島市に居を構えた。そして、徳島市丈六町出身の富永コハルと結婚し、一代で瀬戸内神仏具店を築いた。

寂聴さんは、三谷晴美として徳島市塀裏町（幸町）で生まれ、新町尋常小学校へ入学した年に瀬戸内姓になった。

積善坊に墓を建てたのは、豊吉の大伯母に当たる瀬戸内いと。いとは一人息子を17歳で失い、夫にも先立たれ、孤独な境涯だった。そこで懇願されて豊吉が養子になった。つまり、豊吉、コハル、艶、晴美の４人全員がその時、瀬戸内家を継いだのだ。

寂聴さんは三谷晴美、瀬戸内晴美を経て、結婚後、夫の姓になり、離婚後、また瀬戸内晴美に戻った。そして、51歳で出家後、瀬戸内寂聴が誕生した。

寂聴さんは自伝的小説「場所」で、瀬戸内家についてこう記す。〈姉に家業を継がせることに固執した父の心は、母が思いこんでいたように、一代で築いた自分の家業に執着したのではなく、自分が継いでしまった瀬戸内の家系を守る義務感が強かったのではないかと、最近になって思い至った〉

「寂聴さんも瀬戸内家のお墓に入れなかったんですか」と啓資さんに尋ねると「一度、お嫁に行った身なので生家の墓には入れない」と本人が言って、自ら古里で永眠する地を探していたらしい。

寂聴さんは生前から、死後、自分の遺骨を京都と、住職を務めた岩手県天台寺、徳島の3カ所に分骨することを希望していた。そして、徳島の墓として気に入ったのが井戸寺に新しくできた納骨堂だった。

お遍路さんでにぎわう札所に眠ることができ、寂聴さんもさぞ幸せだろう。線香や花を手向けるファンも後を絶たないそうだ。

取材で徳島市東大工町の瀬戸内神仏具店を訪ねた際、たくさんの写真を見せてもらった。なんと祥子さんと靖さんは、京都・嵯峨野の寂庵で結婚式を挙げたらしい。まるで神父のような役を務める寂聴さんの姿がほほ笑ましかった。仲が良かった書家榊莫山（故人）に店名を揮毫してもらった書も宝物だろう。

思い出の品をたくさん見せてもらい、寂聴さんがいかに瀬戸内家を大切に思っていたかがよく分かった。

寂聴さん立ち会いの下、寂庵で結婚式を挙げる宮本祥子さんと靖さん
＝1993年、京都・嵯峨野

生誕100年の日に、納骨堂の前で記念撮影する
（左から）宮本祥子さん、瀬戸内啓資さん、宮本靖さん
＝2022年5月15日、徳島市国府町の井戸寺

榊莫山の書を掲げる瀬戸内啓資さん
＝徳島市東大工町の瀬戸内神仏具店

阿波踊り

常連になった寂聴連
追悼集会では別れの乱舞

瀬戸内寂聴さんが古里徳島に文化の種をまこうと1981年と85年に行った「寂聴塾」。その2期生だった小林陽子さん＝美波町＝は、寂聴さんと一体何度、阿波踊りを踊ったことだろう。

「先生は阿波踊りが大好きだった。しかも見る阿呆ではなく、踊る阿呆。生まれも育ちも徳島という生粋の阿波女。ぞめきのリズムを聞くと、じっとしていられなかった」

2022年4月16日、塾生による追悼集会が徳島市内のホテルで開かれた。「寂聴さんをしのび、語る会」。21年11月9日に99歳で亡くなって以来、徳島県内で行われた初めての追悼集会だった。当初、2月5日に予定されていたが、新型コロナの感染拡大の影響で、延期されていた。

ビデオ会議システム「Ｚｏｏｍ（ズーム）」での参加も含めて約20人が出席。寂聴さんの笑顔の遺影の前で、好きな言葉や思い出を一人ずつが発表した。

小林さんが語り始めたのは、会が始まる少し前。出席者全員が席に着いた頃だ。「あんな、みんなに提案があるんよ。先生は生前『私が死んだら阿波踊りで送ってほしい』と言うとったんよ。先生の遺言やけん、会の最後にみんなでもう一度、踊ろう」

寂聴さんが寂聴塾を始めたのは58歳の時。文芸誌や雑誌、新聞の連載を多く抱え、超多忙な日々だったが、育ててくれた徳島に恩返しをしようと、毎月、京都から帰ってきて、若い塾生に熱く語った。作文を塾生に書かせ、それについて話したり、文学やニュースの話題に触れたり、授業は全く自由な形式だった。

〈ふっと気がつくと、私は故郷の文化向上のため、身銭を切って尽くしているつもりでいたのに、若い塾生たちの、パワーをもらって、自分自身が心も体も若がえっていたのであった〉（「寂聴自伝　花ひらく足あと」）

塾生たちは家族のように仲が良くなった。そして、81年8月、塾生たちでつくる「寂聴連」を率いて、寂聴さんは演舞場に繰り出した。塾生がデザインした法被をそろえ、高張りちょうちんも作った。

1期生の本田耕一さん＝徳島市＝は「先生は本当に楽しそうだった。先生と一緒に私たちは真夏の徳島で踊り狂った」と懐かしむ。

寂聴連は、すっかり阿波踊りの常連になった。浴衣はその後、寂聴さんと親密だった横尾忠則さんがデザインしたものに変わり、寂聴さんの恋人井上光晴さんや芥川賞作家の平野啓一郎さんら、多くの文化人が寂聴連に加わった。寂聴塾の追悼集会を締めくくる阿波踊りは、塾生たちの笑顔が満開となった。涙はなかった。

「先生と一緒に演舞場で踊っているような気持ちになった。先生も大喜びしていると思う」。小林さんには、遺影がことさらにほほ笑んでいるように見えた。

7月26日に東京の帝国ホテルで開かれた出版社主催のお別れの会でも、作家の林真理子さんや徳島市出身の漫画家柴門ふみさんら大勢の文化人たちが見守る中、小林さん、本田さんら塾生6人が祭壇の前で別れの乱舞を繰り広げた。

「先生との約束を果たせてほっとした」。寂聴連の法被を着て踊った小林さんが、笑顔の遺影に深々と頭を下げた。

寂聴連を率いて踊る寂聴さん＝1985年8月、徳島市役所前演舞場

横尾忠則さんがデザインした浴衣。
寂聴塾の塾生による追悼集会でも展示された

追悼集会で別れの乱舞を披露する寂聴塾の塾生ら。
ちょうちんを持つのが本田さん。右隣が小林さん＝2022年4月、徳島市内

晴れ舞台で喜び表現
古里徳島への望郷の念

瀬戸内寂聴さんは、晴れの舞台でよく阿波踊りを踊った。

１９９２年に東京都内のホテルで開いた「感謝のつどい」でも、フィナーレは阿波踊りだった。満70歳。孤独と漂泊に生きた一遍上人を描いた長編小説「花に問え」で、第28回谷崎潤一郎賞を受賞したばかりで、関係者２５０人の前で喜びを爆発させて踊った。

38歳の時、田村俊子賞を受賞して以来、実に約30年ぶりの文学賞だった。しかも源氏物語を現代語訳した先輩谷崎の名を冠する賞だ。どれほどうれしかったことか。写真からも喜びが伝わってくる。

スピーチではこんなあいさつをしている。

「本当は欲しかったんですけれども、欲しくないような顔を努めてしておりました谷崎賞を受賞させていただき、何よりも一番うれしいことでございました（略）今後も書き続けてまいります。死ぬその朝まで書いて死ねたら、どんなに幸福かと思います」

徳島から寂聴連も駆け付けた。出席者も「ヤットサー、ヤットサー」と祝福の踊りを繰り広げた。

文化勲章受章を記念して新町川水際公園に建てられた記念碑「ＩＣＣＨＯＲＡ（いっちょら）」が完成した２００９年も、制作者で70年来の友人流政之さんらを前に、除幕式の後、四宮生重郎さんらと共に阿波踊りを披露した。

寂聴さんは阿波踊りの何に魅力を感じていたのだろう。07年に徳島で開かれた国文祭のシンポジウムで講演した際「ぞめきのリズムを聞くだけで心が浮き立つ。踊った者でないと分からない楽しさがあり、物心ついた時から阿波踊りを踊っていた」と話している。喜びを表現するのに最高の表現だったのだろう。

笑って踊っていれば嫌なことを忘れ、癒やされる。踊ると気分が良くなって、けんかをする気もなくなるとも。そして「徳島が誇る文化遺産」と強調した。

寂聴さんが子どもの時には、阿波踊りは華やかなショーではなかった。盆になると、庶民が自慢の三味線を抱え、笛を吹いて町を流していく。その「流し」が過ぎた後、「よしこの」の三味線の音が響き、あらゆる町内から踊り連が繰り出したらしい。見る阿呆は少なかった。

随筆集「わが　ふるさと徳島」（ことのは文庫）には「お国自慢」と題した作品で阿波踊りの魅力を記している。〈徳島の生れなら、あのぞめき囃しを聞いただけで、全身が動きだすのが当り前なのだ（略）元来、阿波踊りは盆踊りであって、精霊にささげ、慰めるための踊りなのだから、尼さんが踊ったっていいのである〉

1964年8月23日付の徳島新聞にも、晴美時代の寂聴さんの寄稿を見つけた。まだ出家前の42歳の寂聴さんが、週刊誌の仕事で四国を訪れたようだ。高知県境から徳島に入ると、沿道のあちこちからぞめきが流れてくる。おはやしを耳にするうちに、取材旅行で張り詰めていた気持ちが、次第に穏やかになった。そして、その実感を俳句に詠んだ。

〈ふるさとへそめきはやしに迎えられ〉

寂聴さんにとって阿波踊りへの思いは、古里徳島への望郷の念だったに違いない。

谷崎賞受賞の喜びを全身にみなぎらせ、
阿波踊りを披露する寂聴さん
＝1992年、東京都内

昭和39年8月23日　日曜日

踊りと私

ふるさとの"ぞめき"

瀬戸内晴美

三年ぶりの踊りを楽しむ瀬戸内さん

出家前の寂聴さんが徳島新聞に載せた
阿波踊りの寄稿（1964年8月23日付）

人形浄瑠璃

初めて触れた文学
モラエスと出会い脚本に

〈幼い昔、春は巡礼の鈴の音が運んで来るものだと思いこんでいた〉

瀬戸内寂聴さんが1982年に出版した随筆「寂聴巡礼」の書き出しだ。徳島市中心部で少女時代を過ごした寂聴さんの思い出が美しい文章でよみがえる。同じくらい幼い寂聴さんの心を捉えたのが、人形浄瑠璃だった。夕方、拍子木を打ち鳴らして人形廻し（箱廻し）の男がやって来ると、横町から子どもが出てきて、集まってくる。そんな中に寂聴さんもいた。赤い衣装のお姫さま、眉の太い男前など、箱の中から人形を取り出すと、男は人形を遣いながら、口三味線の合いの手を入れながら、浄瑠璃を語る。

寂聴さんは、いつも最前列に陣取った。そして、意味も分からないまま見とれてしまう。人形の顔に夕日が差し、はかなげに首を振ると、その目から涙がこぼれ落ちるように見える。男は長い浄瑠璃のさわりを一つ二つ語ると、人形を三つ折りにして箱にしまい、たそがれに染まった街角を去って行く。

寂聴さんはその時の気持ちをこう述懐している。

〈箱廻しと呼ばれた流浪の人形まわしが幼い私の心にはじめて人の世には哀切な恋というものがあることを、世の中は嬉しい想いより悲しい想いの多いことを、それらをつづれば、物語が出来、嘆きの歌が生れ、人々

に共感や感動を与えるということを教えたのだった〉

この随筆のタイトルは「わが文学の揺籃期」。〈私は浄瑠璃のことばから「文章」をそらんじるようになっていた。私の最初にふれた文学とは、浄瑠璃の文章であったといってまちがいない〉

少女時代の寂聴さんが新町尋常小学校1年の時、こんな出来事があった。寺町に住む同級生の家に遊びに行った帰りに、ある老人と運命的な出会いをする。ポルトガルの文人モラエス（1854～1929年）だった。子どもの頃の寂聴さんの目に、初めて記憶に残った外国人だ。

随筆「青い目の西洋乞食」にこんな描写がある。

〈春だというのに、どてらを着て、殿中を羽織り、鳥打帽子を目深にかぶっていた。灰色の顎ひげがもしゃもしゃと生え、帽子のわきからも灰色の髪が煙のようにたれていた。手に太いステッキをついていた〉

2011年、インタビューした際「一目で西洋人と分かりましたよ。珍しかったから、後ろをついていったの」と話していた。「青い目の――」の文章は続く。〈伊賀町へ曲る入口で、ふっと、異人さんはふりかえった。ぎょっとして立ちすくんだ私に目をとめ、じっと青い目で見つめたが、私が泣きそうに力んでその顔をみつめていると、にっこりして、深くうなずいた〉

怖くなって東大工町の自宅へ逃げ帰った寂聴さんに母親はその老人がモラエスだと教えてくれる。モラエスはその年の7月1日に75歳で亡くなっているため、それは最晩年の姿だった。

阿波女のおヨネとコハルを追慕し、墓参を欠かさず、遠い異国の徳島で没した。そのモラエスの物語を、大好きだった浄瑠璃の脚本として書く日がやって来た。2007年、徳島で初めて開かれた国民文化祭の目玉プロジェクトとして。

でんちゅう姿のモラエス。
小学1年の寂聴さんが見たのは、
こんな姿だっただろう

新町小学校近くのモラエス像

モラエスや浄瑠璃についての
作品が収録された随筆集
「わが ふるさと 徳島」

愛さずにいられない孤独な異邦人の葛藤描く

瀬戸内寂聴さんにとって、モラエスは元々好きなテーマだった。神戸での総領事時代、芸者だった徳島市出身の福本ヨネ（おヨネ）を落籍し結婚。おヨネの死後は徳島に墓を造り、菩提を弔った。地位も名誉も全て捨て去り、隠せいした徳島の地。そこでおヨネの面影を持つめいのコハルと一緒に暮らす。しかし、そのコハルにもモラエスは先立たれてしまった。

晩年の16年を徳島で過ごしたモラエス。その最晩年の1929年、少女時代の寂聴さんはモラエスに遭遇した。

徳島で初めての国民文化祭が開かれることが決まり、県から「モラエスを題材にした新作人形浄瑠璃の脚本を書いてください」と依頼された時、寂聴さんの瞳は輝いた。何せ本物のモラエスに出会ったことがある数少ない生き証人だったのだから。

当時、県のプロジェクトの担当職員だった阿波十郎兵衛屋敷館長の佐藤憲治さんは「私が書くからには色恋沙汰の話になるわよ」と語っていたことを懐かしく思い出す。

タイトルは「モラエス懺悔」。徳島でコハルと一緒に暮らしたが、裏切られ苦悩するモラエスの姿や、孤独な異邦人を気遣ってくれた尼僧・智賢尼との友情を描く。後に浄瑠璃の外題らしく「モラエス恋遍路」と改題された。

寂聴さんの好きな阿波踊りや巡礼が盛り込まれた。コハルが生きていた頃と思い出の女性になってから、過去と現実のモラエスを交互に描きながら、愛と葛藤を見事に脚本化した。

演出は三好市出身の人形遣い勘緑さん、作曲は現在は県邦楽協会会長になった鶴澤友輔さん、作曲監修は人間国宝の鶴澤友路師匠（故人）が務めた。人形制作は「人形恒」こと田村恒夫さん（故人）と阿波木偶制作保存会が手掛けた。

せりふには、随所に寂聴さんらしさが表れる。クライマックスのモラエスの言葉は心に染みる。

〈人がこの世に生まれるのは、愛するためです。愛すれば、苦しみが生まれます。でも、愛さずにはいられない。永遠から見れば、ほんの瞬きするような短い今生でも、愛する人にめぐり逢えた喜びに、まさるものはありません〉

まるで寂聴さん自身が語っているように感じた人も多かったに違いない。

2007年10月31日、あわぎんホールで行われた初公演は拍手喝采に包まれた。カーテンコールで勘緑さんも舞台に姿を見せると「阿波人形浄瑠璃に新しいページが開かれました」と誇らしげに語った。

あれから15年、「モラエス恋遍路」はすっかり定番の外題となり、毎年のように上演されている。2022年5月15日、寂聴さんの生誕100年の日にも、徳島市の県立文学書道館で披露された。

「この浄瑠璃の魅力は、分かりやすい今の言葉を使って恋が語られるところ。これほど受け入れられた新作も珍しいのではないか。せっかく寂聴さんが書き下ろしてくれたのだから、郷土の誇りとして、これからも大事に上演していければ」。阿波人形浄瑠璃の将来に夢を託す佐藤さんが、もう一度、思いを寄せた。

「モラエス恋遍路」で使われた人形を紹介する佐藤憲治さん
＝2021年11月、阿波十郎兵衛屋敷

寂聴さんの生誕100年の日に追悼公演された阿波人形浄瑠璃「モラエス恋遍路」
＝2022年5月15日、徳島県立文学書道館

晩節の挑戦

初体験のオペラ台本　命懸けた三木さんのため

瀬戸内寂聴さんにとって、晩年とは何歳からのことを示すのだろうか。70歳で源氏物語の現代語訳に取り掛かり、75歳で完結させた時には、このまま死ぬことができれば、幸せな生涯だと思った。

２００６年に徳島市の県立文学書道館で開かれた特別展「寂聴　愛の戯曲展」の図録の序文はこんな一節から始まる。

〈まさか八十四歳まで長命でいるとは、夢にも思ったことがなかった。むしろ、早く死んで、この世で縁あって仲よくしていただいた人に惜しまれ、なつかしく思い出されることを夢みていた〉

ところが、寂聴さんの定命は長かった。八十路の坂は楽々と越えた。そして、新作能、歌舞伎、新作狂言、人形浄瑠璃、オペラなどを次々に依頼されるようになった。

話が舞い込むと、寂庵のスタッフやファンらは大抵、口をそろえて「やめてください」と言ったらしい。作家として認められているのに、今更、年寄りの冷や水で新しいことに挑んで、晩節を汚したらどうするのだと。周囲の心配をよそに、晩節の挑戦は次々に成功した。だが、徳島市出身の作曲家三木稔さんからオペラの台本の依頼を受けた時だけは、とても手に負えないと思い、一度は断った。しかし、三木さんの説得には真実味がこもっていた。生涯をかけた大きな仕事として日本の各時代をオペラにして世界中に発信してきた三木さん。最後に残ったのが8世紀の奈良時代で「それができたら死んでもいい」と言う。

それには理由があった。がんに侵されていて、余命いくばくもないというのだ。寂聴さんは80歳。三木さんは72歳だった。寂聴さんは、三木さん作曲のオペラ「源氏物語」を見たことがあった。その才能に圧倒された。人柄の気高さにも感動していた。光栄な依頼だ。

最後には三木さんの粘り強い説得とオペラに懸ける情熱に負けた。「三木さんの命あるうちに書き上げなければ」

寂聴さんは、オペラは元々好きで、外国へ出掛けた際には、その国のオペラをよく鑑賞していた。しかし、まさかそのオペラを自分で書くことになるとは思いもしなかった。全てが初体験だった。

テーマは「愛」と「運命」。小説を書くつもりでオペラを書き始めた。三木さんの注文も多かった。奈良と唐を合わせて描き、琵琶に重要な役目をさせてほしいという。寂聴さんの脳裏にすぐに「遣唐使」が浮き上がった。

そして、足かけ4年かけ、オペラ「愛怨」の台本が完成した。唐の琵琶の秘曲「愛怨」を伝えてもらえという日本の女帝の命令を受けた若い琵琶の名手が遣唐船に乗って唐に渡るという物語だ。

寂聴さん83歳。三木さんは75歳だった。手に手を取り合って涙ぐんだ。初演の舞台は2006年2月、東京の新国立劇場。新作オペラは当たらないというジンクスを破って、3日間、大入り満員だった。もしも晩節を汚すことを恐れて、挑戦しなければ、こんな楽しみは味わえなかった。

寂聴さんから思わず、こんな言葉がこぼれた。「私も三木先生も、徳島の人間はこんなに長生きでこんなに元気だと世界に訴えたい思いですね」。三木さんも同じ気持ちだった。

初演されたオペラ「愛怨」のカーテンコール
＝2006年2月、東京・新国立劇場（三木音楽舎提供）

観客席で談笑する寂聴さんと三木稔さん
＝2006年2月、新国立劇場

恋愛観　アリアに結晶「愛怨」欧州初演も大成功

瀬戸内寂聴さんが台本を手掛け、同郷の三木稔さんが作曲したオペラ「愛怨」は、２００６年2月の新国立劇場（東京）の初演で大成功を収めた。寂聴さんにとっては、新しいことに挑戦して晩節を汚すどころか、晩年の代表作の一つになった。

愛怨は8世紀の日本と中国が舞台。唐に伝わる琵琶の秘曲「愛怨」を持ち帰る厳命を受けた遣唐使の大野浄人が、苦難の末に長安にたどり着き、亡き妻にそっくりの柳玲に出会う。２人の愛と運命の物語だ。

柳玲のアリア（独唱）にも、寂聴さんらしい言葉が詰まっている。

〈人が生きていくのは／愛するため／幸福になるため／愛したとたん／苦しみも生まれる／それでも／人は愛をもとめる〉

実は柳玲は、浄人の妻桜子と幼い頃に生き別れた双子の姉妹だったという伏線がある。許されぬ恋。しかし、柳玲のアリアは続く。

〈愛は何の前触れもなく／ある日、雷のように落ちてくる／人はそれを防げない〉

寂聴さんの恋愛観が結晶化した渾身のアリアだ。

初演から4年後、「愛怨」は世界の舞台へ羽ばたくことになる。10年2～6月、ドイツのハイデルベルク市劇場でヨーロッパ初演されることになったのだ。しかも、外国人歌手による日本語での上演だった。全8回の舞台は、ほとんどがチケット完売で、大成功のうちに幕を閉じた。

6月、その最終公演後にカーテンコールに応える寂聴さんと三木さんの姿があった。三木さんは、がんの治療手術を何度も受け、闘病中の体を押しての渡欧だった。満員の会場は、88歳の台本作者と80歳の作曲家をスタンディングオベーションで迎えた。三木さんは、ドイツ公演の成功がよほどうれしかったのだろう。翌月、徳島新聞の文化面に、感動を寄稿してくれた。

—原語で上演された日本の愛のオペラ、ヨーロッパ初演で大成功。間違いなく、ハイデルベルク・オペラの劇場史に残るに違いない—

現地の20以上のメディアが「愛怨」を絶賛した。

三木さんは〈寂聴さんの美しい日本語に、適切なメロディーを付けることができたことを、あらためて誇りに思う〉と記した。

三木さんはドイツ公演の翌年の11年12月8日、81歳で亡くなった。「命を懸けてこのオペラを作曲するので、寂聴さんに台本執筆をお願いしたい」と語った言葉は本当だった。死去の一報が入った日の早朝、京都の寂庵にいる寂聴さんに電話をかけたことを思い出す。コメントをもらい追悼文もお願いした。

後日、「さあ、今から書くわよ」と生活文化部に電話が入り、リアルタイムでファクスが送られてきた。三木さんのオペラ「源氏物語」の公演で初めて出会ったことや、「愛怨」の誕生秘話が語られた後、ドイツ公演を一緒に鑑賞したことについてこう記した。〈こんな晴れがましいことは生涯の最期だろうと思った〉

オペラ「愛怨」は、寂聴さんと三木さんの共同作業による徳島発の文化遺産だ。「ドイツ公演成功によって永遠の生命を獲得した」と三木さんも語っていた。2人の亡き後も、末永く愛されるに違いない。

オペラ「愛怨」ドイツ最終公演のカーテンコールで舞台に立つ三木稔さん（中央）と
瀬戸内寂聴さん＝2010年6月、ハイデルベルク（三木音楽舎提供）

再現された書斎の前でインタビューに答える寂聴さん＝2011年、徳島県立文学書道館

95歳で初句集「ひとり」人生の絵巻　俳壇も絶賛

瀬戸内寂聴さんは不死身だと勝手に思い込んでいた。少々、体の調子が悪いという、うわさが聞こえてきても、必ず治ると信じていた。88歳の秋に背骨を圧迫骨折し、半年間、寝たきりの生活を余儀なくされても、東日本大震災による原発ショックでよみがえった人だ。心配ないと。

だが、92歳を超えると、次々と病魔が襲った。2度目の圧迫骨折、胆のうがんによる手術、心臓カテーテル手術…。さすがに94歳の時には、何もできず、ベッドに横になる日が続くようになった。一番幸せなのは、小説を書いてそれが本になることだ。だが、寝たきりではできない。何とかして本が出せないか。

そこで思いついたのが句集の出版だった。これまで書きためた俳句を初めての句集にまとめてみよう。あまり売れないだろうから、自費出版にしよう。

こうして出版されたのが句集「ひとり」だ。2017年5月15日、95歳の誕生日に合わせ、出家した51歳から94歳までの85句を収録した。

〈紅葉燃ゆ旅立つ朝の空や寂〉。1973年11月の得度の日、剃髪してもらうために中尊寺の長い廊下を歩いている時に浮かんだ。巻頭句とした。

〈子を捨てしわれに母の日喪のごとく〉。寂聴さんは娘が3歳の時に家出した。25歳だった。長生きしてきて、後悔していることが一つだけあった。娘を自分で育てなかったということだ。世間が母親との絆を祝う母の日には、なおさらそう感じる。そんな思いを詠んだ。

〈御山のひとりに深き花の闇〉。寂聴さんが長年住職を務めた岩手の天台寺のことを、地元の人は「御山」と呼ぶ。その天台寺に泊まって、夜中は独りで過ごした。5月の静寂の境内。夜の闇の中に花が咲いている。住職という重い責任を担った寂聴さん。見えない花の中に、それまでの人生が幾重にも重なった。

出版の翌年、驚くべきことが起こった。句集「ひとり」が、第6回星野立子賞を受賞したのだ。受賞には至らなかったが、俳壇で最も権威のある蛇笏賞にもノミネートされた。

18年3月、東京都内で開かれた星野賞の祝賀会スピーチで、寂聴さんは「もうすぐ私は死にますけど、本当に素晴らしい冥土の土産ができました」と喜んだ。

選考委員の宮坂静生さんは「長年の人生の結晶としての、人生智がにじみ出た句集だ」と絶賛。東京女子大の後輩でもあり寂庵で句会「あんず句会」を開いてきた黒田杏子さんも「この国の荒波に挑んできた小柄な女性の知的人生の絵巻」とたたえた。

「ひとり」は、20年に第11回桂信子賞も受賞した。

句集のあとがきに〈百年近い生涯、こうして私は苦しいときや辛い時、自分を慰める愉しいことを見いだしては、自分を慰め生き抜いてきた〉とつづった。

句集の題名「ひとり」は、大好きな一遍上人の言葉からもらった。

〈生ぜしもひとりなり／死するもひとりなり／されば人とともに住すれども／ひとりなり／添いはつべき人／なきゆえなり〉

出奔後、誰とも再婚しなかった。人を愛し、孤独を愛し、書くことを愛した寂聴さんの晩年の感慨だった。

徳島新聞　2018年4月5日

The Tokushima Shimbun

夕刊

2018年4月5日 木曜日

「老境文学」花盛り

寂聴さんら女性作家

「ひとり」の自由さ描き

中高年の読者励ます

協立病院

寂聴さんの活躍を紹介した徳島新聞夕刊（2018年4月5日付）

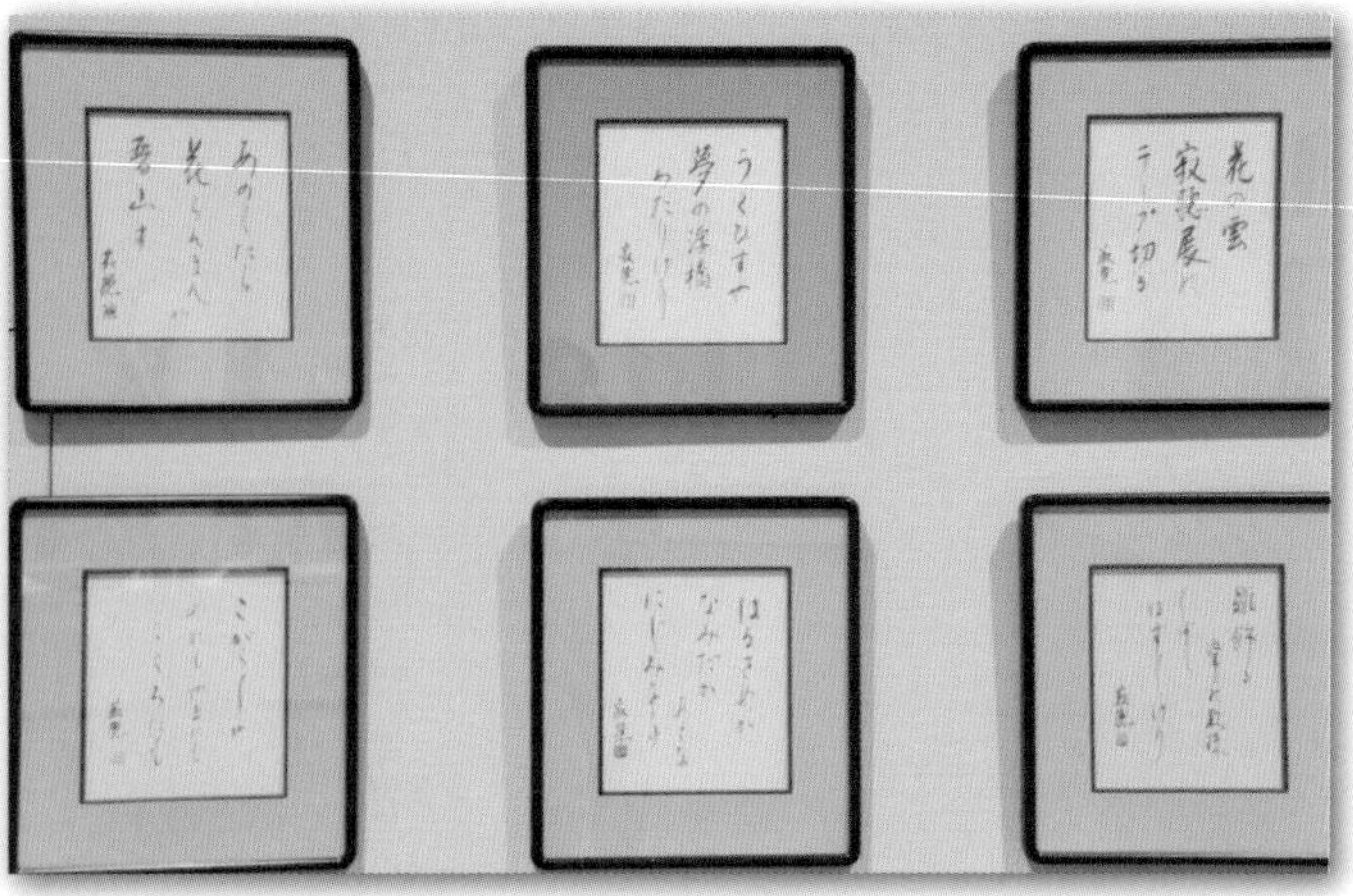

寂聴さんの俳句

仏教三部作

自らに問う出家の理由 無限の自由求めてさすらう

瀬戸内寂聴さんの代表作に「仏教三部作」と呼ばれる小説群がある。鎌倉時代の一遍を題材にした「花に問え」、平安末期から武家時代を生きた西行を描いた「白道」、江戸時代の良寛を書いた「手毬」のことだ。寂聴さんが最も心引かれる3人の出家者の生涯を追う内容になっている。

瀬戸内寂聴の仏教三部作。夏目漱石の三部作と似た響きがあり心地よい。100歳に近い生涯の中で、膨大な作品を残してきた寂聴さんの文学に近づくきっかけになるかもしれない。驚くべきは、仏教三部作を同時期に書いたということだ。1989年、67歳の時に「花に問え」の連載を中央公論文芸特集でスタート（92年まで）。「手毬」は90年に1年間、「新潮」に連載。「白道」は90、91年に「群像」に連載した。

だが、これには理由があった。一遍、西行、良寛に共通するのは、在家の生活から、ある日、突然、出家したということ。

〈なぜ彼らは他人目には突如と見える出家の道を選んだのか。自分の出家以来、ずっと私に向って問いつづけられてきた質問に辟易しながら、私もまた彼等にその問いを発したくなっていたのだ〉（「白道」あとがき）

三部作の中でも「花に問え」は異色の作品だ。いわゆる伝記小説ではなく、現代に生きる男女の目を通して、一遍の生涯をたどるという書き方になっている。

冒頭は四国路。京都の老舗旅館の女将わたし（美緒）がＢＭＷを飛ばして日和佐から高知へドライブしている途中、時代遅れな僧形をして巡礼する若い智信と出会う場面から始まる。バブル期のトレンディードラマを思わせる書き出しだ。

智信と聞いて、美緒は一遍智真と似た名前だと気づく。そして、国宝「一遍聖絵」に魅了されていた亡き恋人亮介との思い出を重ねつつ、「捨ててこそ」の考えを貫いた一遍の生きざまがつづられることになる。

重要人物として、超一という名の尼僧が登場する。聖絵に描かれた尼だ。一遍の愛人で娘をもうけたが、一遍が家も肉親も恩愛も全て断ち切って遊行に出ようとした際、娘と共に剃髪し尼になり、一遍につき従った。純粋に一遍を信頼し、迷わず全てを委ねる超一の姿は美しく、美緒の心のよりどころとなっていく。

美緒は亮介の残したノートを読みながら、夢の中でたびたび超一や一遍の声を聞く。そして、問答する。

なぜ生きるのか。なぜ愛するのか。人は死ねばあの世で、恋しい人と必ず巡り合えるのか。

超一と一体化した美緒の言葉は、寂聴さん自身の問いでもあった。作中の一遍は答える。

—超一、疑わず、信じることじゃ。

「花に問え」は92年、谷崎潤一郎賞を受賞した。満70歳。選考委員は中村真一郎、ドナルド・キーン、吉行淳之介、丸谷才一、河野多恵子、井上ひさし。〈この世の美しさを、そして人生のきびしさを味わいつくした作家が、その半生を賭けた「捨てる」という修行体験のすべてを注ぎ込んだ力作〉〈作者の筆の力によって一遍が現代に蘇った〉と絶賛された。

出家後、約20年。なお無限の自由を求めてさすらう作者自身の姿が小説と重なった。

インド旅行で頭を剃ってもらう寂聴さん。姉の艶さんが見守る

賞状
瀬戸内寂聴殿
平成四年度谷崎潤一郎賞は選考の
結果 貴作「花に問え」に贈られる
ことに決定いたしました
ここに賞牌と賞金を呈上いたします
平成四年十月十六日
選考委員
中村真一郎
ドナルド・キーン
吉行淳之介
丸谷才一
河野多恵子
井上ひさし
中央公論社

「花に問え」に贈られた谷崎潤一郎賞の賞状

清らかな魂の交歓描く
良寛の無垢と貞心尼の純情

「最高の恋はプラトニック・ラブよ」。生前の瀬戸内寂聴さんは、よくそう話した。江戸時代後期の禅宗の僧良寛と、40歳年下の貞心尼の魂の交歓をつづった「手毬」は、まさに純愛を描いた小説だ。子どもたちとかくれんぼしたり､手毬をついたりして無邪気に遊ぶ良寛。その無垢でおおらかな姿を尊敬し、恋慕する貞心尼の一人称スタイルで語られる。書き出しはこうだ。

〈どうしてもお逢いしたいという想いがつのり高まるにつれ、私はその想いをなだめるように、日がな一日手毬をかがりはじめていた〉

貞心尼は17歳で医者に嫁いだ後、夫の急死で離縁され、24歳で出家する。剃髪の場面は、経験した寂聴さんでなければ書けない迫力だ。〈ぎちぎちと鋏の刃の下で哭く髪の声を聞いたら、毛根に熱い血が走り集るようで、目の中まで赤い焔が映ってくる〉

出家後、貞心尼は良寛の手毬の歌に出合う。

―汝がつけば　吾はうたひ　あがつけば　なはうたひ…

写していると、温かさに涙があふれる。会ったこともないのに、まぶたを閉じれば姿が浮かぶほど。その良寛が偶然にも貞心尼の近くに引っ越してくることになる。年を取り、独り暮らしができなくなったため、信者の屋敷へ身を寄せることになったのだ。

良寛に会った貞心尼は、想像していた通りの人だと思う。そして、末期を見守ることを誓う。後半、越後を大地震が襲う。良寛は被災地を見舞い、涙を流しながらも、一方ではこれも「無常の世」だと思う。

―災難に逢ふ時節には災難に逢ふがよく候。死ぬ時節には死ぬがよく候。是はこれ災難をのがるゝ妙法にて候。

良寛の諦念は、後年、阪神大震災や東日本大震災が起こった際に「どん底は続かない」と被災者を励まし続けた寂聴さんの「無常観」に相通じるものだったかもしれない。

臨終の場面は「手毬」の最大の読みどころで、プラトニック・ラブの真骨頂ともいえる描写だ。背中が寒いと訴える良寛の言葉を聞き、貞心尼は寝床へ体を滑り込ませる。

〈背後からぴったり添い臥し、自分の体温で良寛さまの背をあたためた。右手を良寛さまの胴にかけ、重くないようにやわらかく抱いた。氷のように冷えきったお脚に自分のほてっている脚をからませてあたためてあげる。良寛さまはゆったりと軀をくつろがせたまま、私のすることを何もこばまれなかった〉

寂聴さんは、良寛と貞心尼の相聞歌「はちすの露」に着想を得て、この場面を創り上げた。

吉本隆明は「エロスに融ける良寛」と題した解説で、こう述べる。〈この「手毬」の作者は老いた静かなエロスが、老苦や死の病苦を鎮めうることを、こころから信じてこの作品を書いているようにおもえる〉

出家の理由に思いをはせる場面は、作中、数え切れないほどある。だが、そんなことは忘れてしまうほど、良寛と貞心尼の愛は清らかで美しい。恋も性も老いも死をも超越した。書き終えた68歳の寂聴さんも大きな心の安らぎを覚えた。

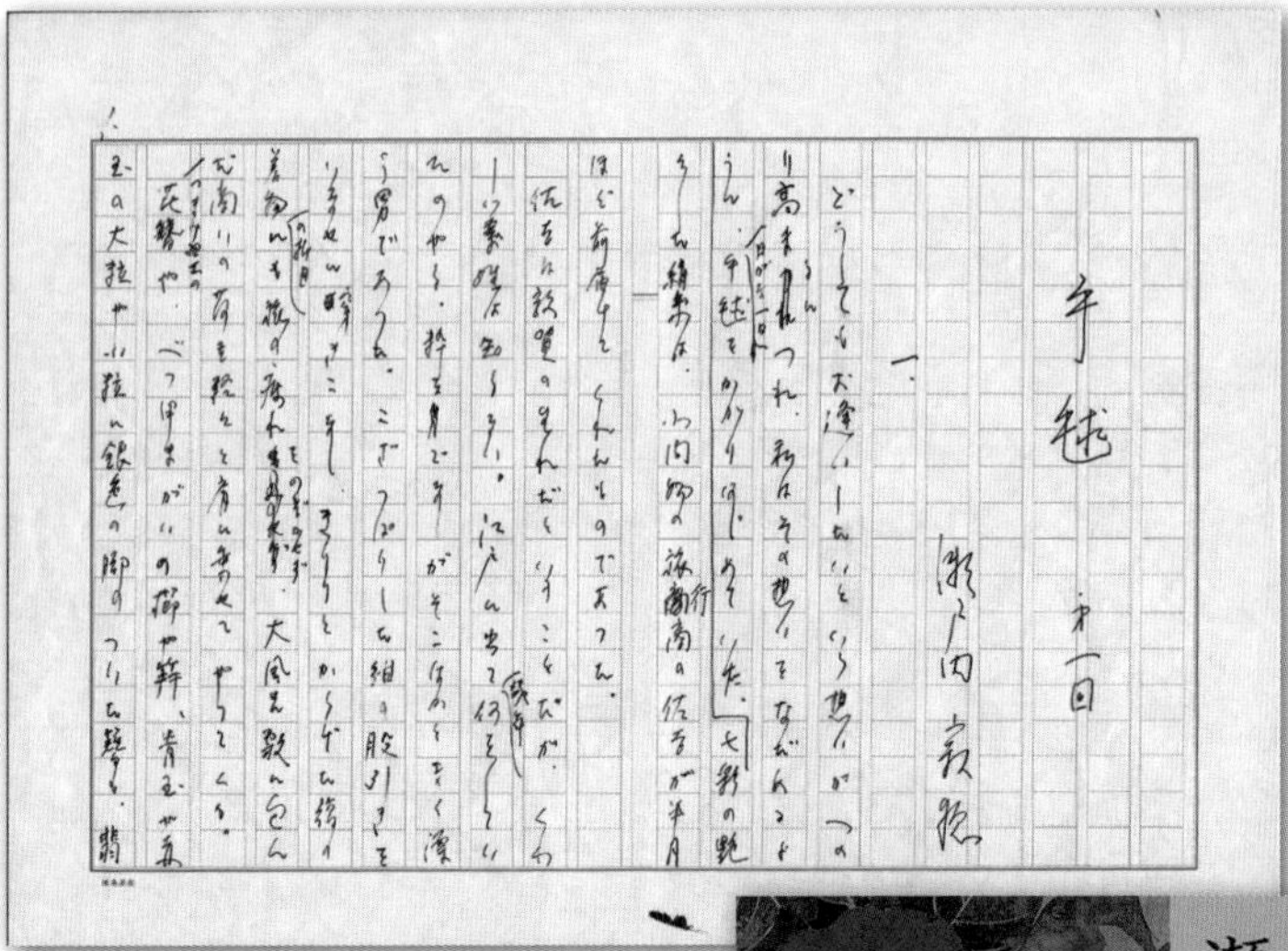

「手毬」の直筆原稿

瀬戸内寂聴著「手毬」（新潮文庫刊）

2018年に徳島県立文学書道館が開いた特別展「寂聴『手毬』良寛と貞心の愛」の図録

西行の煩悩　自らに重ね　5年間加筆、ついに完結

仏教三部作を文芸誌に同時連載した瀬戸内寂聴さん。一遍上人を題材にした「花に問え」は楽しく書いた。良寛を描いた「手毬」は、もっと楽々と書き上げた。だが、西行の生涯に迫った「白道」は難航した。「手毬」では資料を70冊ほど読んだという。しかし、「白道」はその比でなかったらしい。何しろ、平家の全盛から滅亡までの歴史を共に生きた人だ。おびただしい資料の数だった。

題名は「花に問え」の中でも書いた「二河白道」（煩悩にまみれた人でも、念仏一筋に努めれば悟りの彼岸に至ることができるという意味の仏教語）から取った。元々伝記小説を得意とする寂聴さんが、久しぶりに正攻法で書いた。

1991年に一応、連載は終えた。けれども、どうしても出版する気になれない。書き終わった後の解放感が得られなかったのだ。手元に置いて、手直しばかりする日々が続いた。連載中の91年に湾岸戦争が起こり、寂聴さんは2月に断食祈願をした。4月にはカンパと支援物資を持って、イラクへ渡った。

〈私のそうした行動は、私の出家者としての義務だと思っているから、私としてはそういう行動を止めるわけにはいかないのであった〉（「私解説」）

寂聴さんは、多忙な作家活動中でも、戦争や災害が起こると、それを中断しても現地に駆け付けた。西行も平家の栄枯盛衰に無関心でいられないはずなのに傍観した。歌に溺れた軟弱な僧だとみられる向きもある

が、そうではなかった。西行の残した数え切れない歌を読み、その遠い道のりをたどることで、寂聴さんは、その心を読み取ることができた。

歌を詠むことに全力で取り組み、仏道修行にも全身全霊を傾けた。そして、分かったことは、西行はあらゆることに情熱を燃やさなければ納得できない性格であったということだ。

〈西行が出家者となり、純粋に行に打ちこみ、すべてを捨て果てようと切ない悲願を立てながら、ついに七十三歳で死ぬまで、捨て切ることが出来なかった歌に対する妄執、仏教の立場でいう煩悩であった〉（「私解説」）

寂聴さんにそっくりだ。「出家しても、どうしても小説を書くという煩悩だけは捨てきれなかった」。折に触れ、そう話した。

西行には、孤独の影がつきまとう。高野に30年住んでも、伊勢に居ても、やはり孤独だった。周りで起こる乱世にも無関心を装い、最晩年、自分の歌稿を整理することに集中した。寂聴さんはこの小説を書きながら、西行にとってその行為は、自分の生の始末をすることだと思った。

「白道」が出版されたのは、73歳になった95年だ。長い道のりだった。仏教三部作の中で、どの小説よりも多く削り、多く書き足した。ページ数が最も長くなったのは必然だろう。てこずりながらも諦めず完成させた「白道」には、ご褒美があった。96年、第46回芸術選奨文部大臣賞を受賞したのだ。

ようやく敬慕する3人の出家者の生涯をたどり終えた寂聴さん。だが結局、出家の動機は分からなかった。「あくまで仏縁であって、仏様に引っ張られるように人は出家する」。

1996年（平成8年）3月14日　木曜日

芸術選奨

寂聴さんに大臣賞

小説「白道」が対象

新人賞含め24人受賞

文化庁は十三日、映画や音楽、文学など昨年一年間に優れた芸術活動をした人に贈る一九九五年度（第四十六回）芸術選奨の受賞者を発表した。文部大臣賞には小説家の瀬戸内寂聴さん（七三）、落語家の桂文治さん（七二）ら十四人、同新人賞には喜劇俳優の堺正章さん（四九）ら十人が選ばれた。（13面に瀬戸内さんの喜びの声）

大臣賞の詩人嵯峨信之さんは九十三歳で、七七年度に八十六歳で受賞した青木融光さん（古典芸術）の最高齢記録を更新した。

優れたラジオドラマの脚本を執筆している横光晃さん（六八）、「日本映画史〈全四巻〉」をまとめた映画評論の佐藤忠男さん（六五）も大臣賞を受賞した。

新人賞の堺さんは「おしゃべり伝六　一番手柄」など最近の舞台活動が評価された。

授賞式は二十一日午後二時から東京都千代田区の赤坂プリンスホテルで行われる。

芸術選奨受賞者と対象の活動は次の通り。（敬称略）

▽文部大臣賞

【演劇】劇作家八木柊一郎（六七）＝本名八木伸一、横浜市生まれ、公演「カラマーゾフの兄弟」「メリー・ウィドゥへの旅」

【映画】監督市川準（四七）＝本名市川純、東京都生まれ、映画「東京兄妹」

【音楽】長唄三味線方田島佳子（六八）、東京都生まれ、長唄「秋の色種」「月の巻」

【舞踊】舞踊家坂本登喜彦（六七）、札幌市生まれ、公演「ミレナへの手紙」「ZEAMI」

【文学】詩人嵯峨信之（九三）＝本名大草実、宮崎県生まれ、詩集「小詩無辺」▽小説家瀬戸内寂聴（七三）、徳島市生まれ、小説「白道」

【美術】建築家高…（四七）、島根県生まれ、「…田正治写真美術館」▽…造形作家滝川嘉子、「…嘉子・彫刻個展」

【古典芸術】一中節…家宇治紫文（六二）＝本名…ふじ、山形県生まれ、…節「鉢の木」「千手重衡」…

【放送】テレビ演出家…野勉（五九）、秋田市生まれ…テレビドキュメンタリ…「こころの王国　童謡詩…・金子みすゞの世界」▽…本家横光晃（六八）＝本名山…富男、札幌市生まれ、ラジオドラマ「遥かなるズ…山」「愛のゴースト・95」

【大衆芸能】落語家桂…治（七二）＝本名関口達雄、…京都生まれ、「文治の会」「落語百選」

【評論等】映画評論家…藤忠男（六五）＝本名飯…利男、新潟市生まれ、著「日本映画史〈全四巻〉」▽独文学者塚越敏（七七）、京都生まれ、著作「リルケとヴァレリー」

▽新人賞

芸術選奨文部大臣賞受賞を喜ぶ作家の瀬戸内寂聴さん＝京都市右京区嵯峨鳥居本の「寂庵」

「白道」の受賞は徳島新聞で大きく報じられた
（1996年3月14日付）

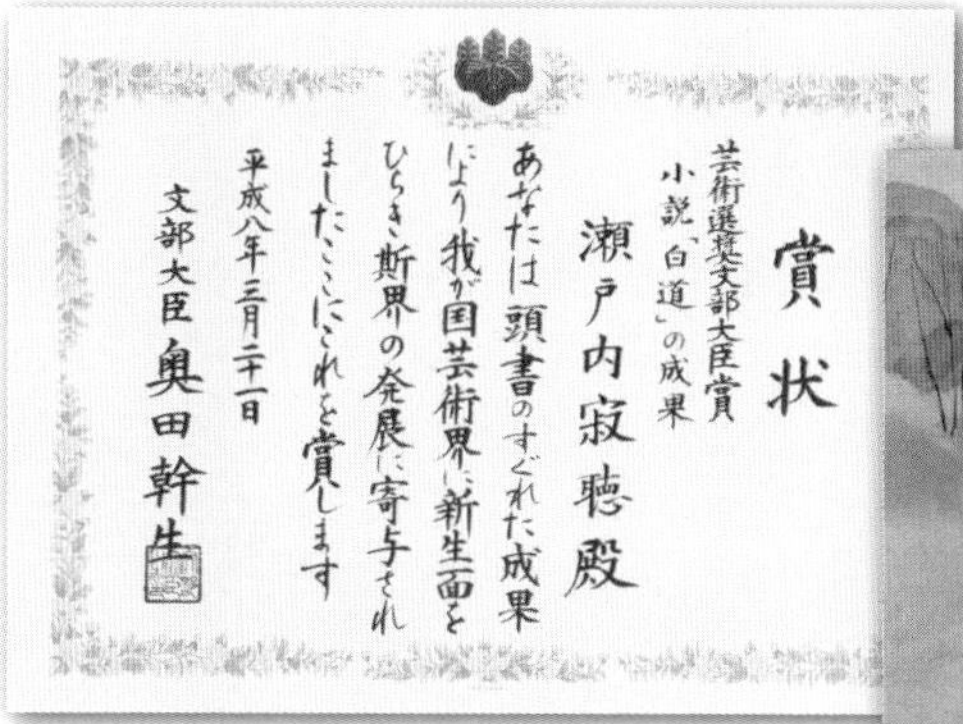

賞状

芸術選奨文部大臣賞
小説「白道」の成果

瀬戸内寂聴殿

あなたは頭書のすぐれた成果により我が国芸術界に新生面をひらき斯界の発展に寄与されましたここにこれを賞します

平成八年三月二十一日

文部大臣　奥田幹生

文部大臣賞を受賞した「白道」の賞状

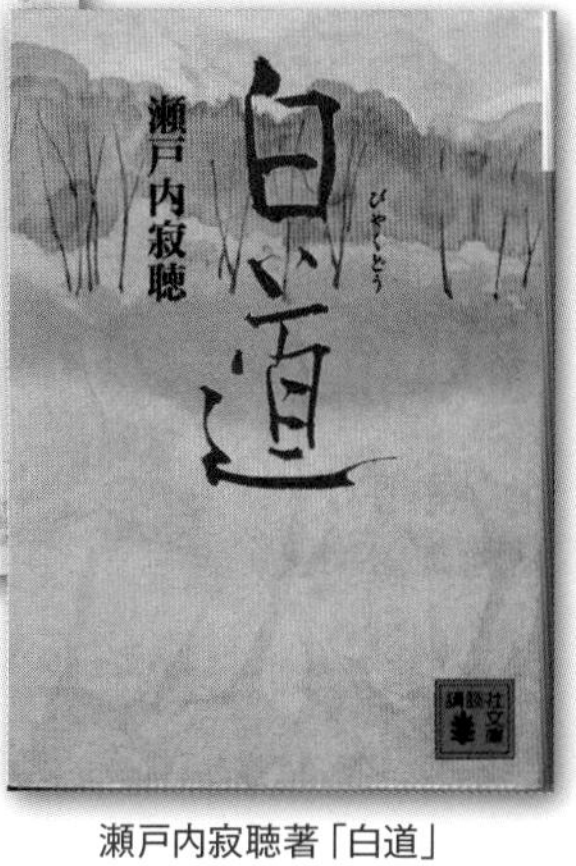

瀬戸内寂聴著「白道」
（講談社文庫刊）

文学の師の思い出重ね 母子が同じ男性を愛す設定

瀬戸内寂聴さんは、昭和の作家だと思い込んでいる人も多いのではないだろうか。しかし、「花に問え」の連載がスタートした1989年は、平成元年。「手毬」「白道」は翌年からの連載だ。つまり、仏教三部作は、平成生まれの作品群ということになる。

実はこの連載に着手する前は、3作とも読んだことがなかった。一遍、良寛、西行といった僧侶の生き方を題材にしており、難しそうだという先入観があった。一見、宗教小説とも思えるため、手に取りにくかった。だが、読み始めると止まらない面白さがある。特に「花に問え」は、捨聖の一遍と弟子の尼僧超一の絆もさることながら、語り手である老舗旅館の女将美緒や、その他の登場人物が非常に興味深い。

キーパーソンとなるのは、美緒の亡き恋人亮介だ。国宝「一遍聖絵」に魅了される彼は、修復師という表向きの顔とは裏腹に、美緒の母親喜和に「飼われていた」という複雑な間柄だ。つまり、喜和の愛人だったのだ。そして、喜和が亡くなった後は、17歳も年下の美緒とも深い関係になる。母子が同一の男性と愛人関係になるという設定だ。寂聴さんは、そんな独特な関係を、一遍が生きた鎌倉時代との重層構造で、とても小説的に書いた。

性愛についての描写も多い。例えば、亮介との行為の後、喜和が発する言葉は印象的だ。「どして女はあの時死ぬ死ぬっていうんどっしゃろなあ、最初にあれする最中に、死ぬって叫ばはった女（おなご）はんは誰だったのかしらん」

この他〈密教はとてもエロティックです〉〈一遍の画像を見れば彼が如何に男らしい性的魅力に富んでいたかがわかります〉など、エロスと仏教を結びつけた表現があり、読者を飽きさせない。

この作品を読みながら、寂聴さんの小説のファンなら、どこかで見たような設定だと思うだろう。一回りも年上の作家小田仁二郎をモデルにした慎吾と、年下の恋人涼太との不思議な三角関係を描いた小説「夏の終り」を連想させる。

郷土文学に詳しい大石征也さん＝石井町＝も同じことを考えたようだ。亮介の描き方に、寂聴さんの文学の師である小田のおもかげをいくつも読み取っている。２０２２年3月に出版された文芸同人誌「飛行船」28号に「寂聴文学私論　追悼を超えて」と題して、詳しく論じた。

大石さんは評論の後半で、こう述べている。

〈あとに厖大な作品が遺された。それらを読み味わい、読み解き、新たな創造のエネルギーに変えていくのは、後生に課された宿題だろう。私はその宿題を背負った徳島人のひとりとして、立ち止まることなく、これからも地道に歩みつづけたいとおもっている〉

大石さんは6月に設立された顕彰団体「瀬戸内寂聴記念会」にも所属し、副会長を務めている。今後の寂聴研究の広がりに期待したい。

京都・嵯峨野の寂庵で＝2011年6月

大石征也さんの評論
「寂聴文学私論 追悼を超えて」が
掲載された「飛行船」28号

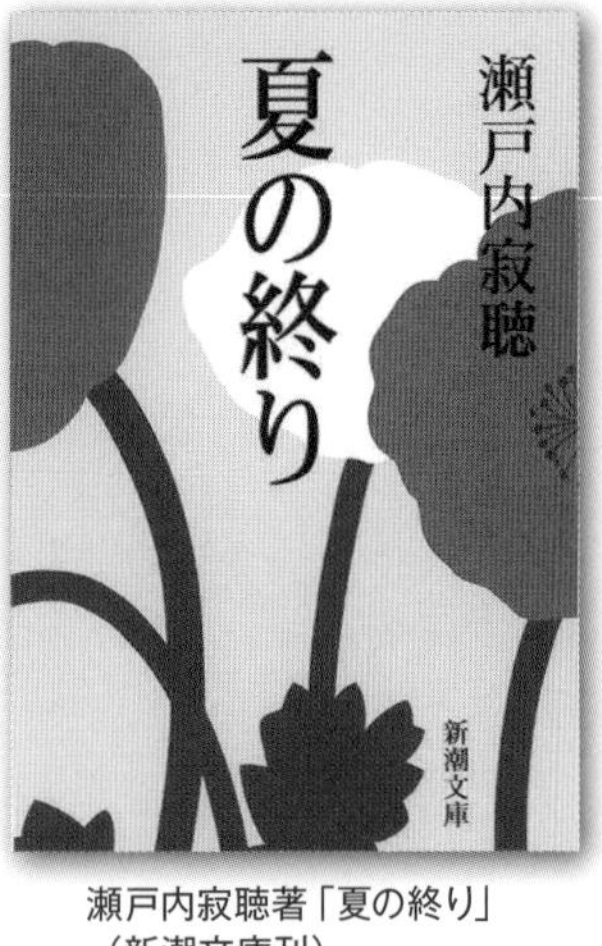

瀬戸内寂聴著「夏の終り」
（新潮文庫刊）

小説家

100歳で夢の芥川賞を不倫関係さえ純文学に昇華

瀬戸内寂聴さんが短編小説集「風景」で第39回泉鏡花文学賞を受賞したのは2011年11月のことだ。今からちょうど11年前。89歳だった。金沢市で開かれた授賞式でのスピーチは、聴衆を沸かせた。

「こうなったら100（歳）まで生きて、芥川賞をもらう」

名実ともに大作家になり、84歳で文化勲章まで受章している寂聴さん。若手作家の登竜門である芥川賞をもらえるわけはないのに、なぜか現実になるような気がする言葉だった。

それほど、若い頃から純文学を目指した。40歳で「新潮」に発表した「夏の終り」で女流文学賞に選ばれた頃には、芥川賞も夢ではなかったかもしれない。しかし、「夏の終り」の翌年に書いた「あふれるもの」では、予想外に直木賞候補になってしまう。「新潮」「文学界」といった純文学系の雑誌から週刊誌まで、とにかく小説を書きまくっていた寂聴さんだ。直木賞候補になっても不思議ではなかった。

だが、本人が欲しいのは芥川賞だった。直木賞に選ばれると、そのチャンスがなくなってしまう。思いが通じたのか「あふれるもの」は直木賞に選ばれなかった。ただ、それ以降、念願の芥川賞を取れなかったのも事実だ。

映画「あちらにいる鬼」は、寂聴さんと作家井上光晴の不倫をモデルにした作品だ。光晴の娘荒野が書いた小説を映画化している。光晴と出会ったのは寂聴さんが43歳の時。愛人関係は出家する51歳の11月まで続いた。この時期、寂聴さんは自らの死期が近づいているような気がして、仕事を中間小説から純文学に絞り始めた。そして、誕生したのが純文学の傑作「蘭を焼く」。47歳の作だ。

40代の女と男が主人公。深夜、戯れにクリスタルガラスの灰皿に蘭の花びらをむしり取り、ブランデーを注いで火を付ける。それを見守る男と女。夫でも妻でもない、はかない関係ゆえの濃密な時間が流れる。

性愛を想像させる耽美的な表現。そして、あぶり出す現代人の孤独と深淵。〈男と女の顎だけがふたつ、宙に浮いて、深夜ひっそりと花の火葬を見守っている〉。イメージが連なりながら進む展開は、いかにも純文学的な世界だ。登場人物は寂聴さんと光晴に違いない。だが、単なる情事小説に終わらせず、格調の高い文学作品に昇華させている。

「蘭を焼く」は、寂聴さんの自信作だ。クリスタルの灰皿は寂聴さんが大切にしていた岡本太郎の作品をモデルにした。いつも手厳しい光晴が、この作品はとても褒めてくれた。小説「あちらにいる鬼」の中で、白木篤郎（光晴）も「すごいものを書いたなあ」と脱帽している。

光晴は「風景」の「そういう一日」にも柚木宗晴の名で登場する。出会いの日を振り返りながら、こうつづる。〈あの日が私と柚木の生涯から抜け落ちていたら、長い歳月の深い喜びにも苦い苦悩にも無縁でいられたのだろうか〉

選考委員の嵐山光三郎さんは「激しく考え、優しく語る瀬戸内文学の結晶」と絶賛した。泉鏡花賞は何物にも代えがたい贈り物となった。

小説「蘭を焼く」に登場するクリスタルガラスの灰皿。
岡本太郎の作品だ

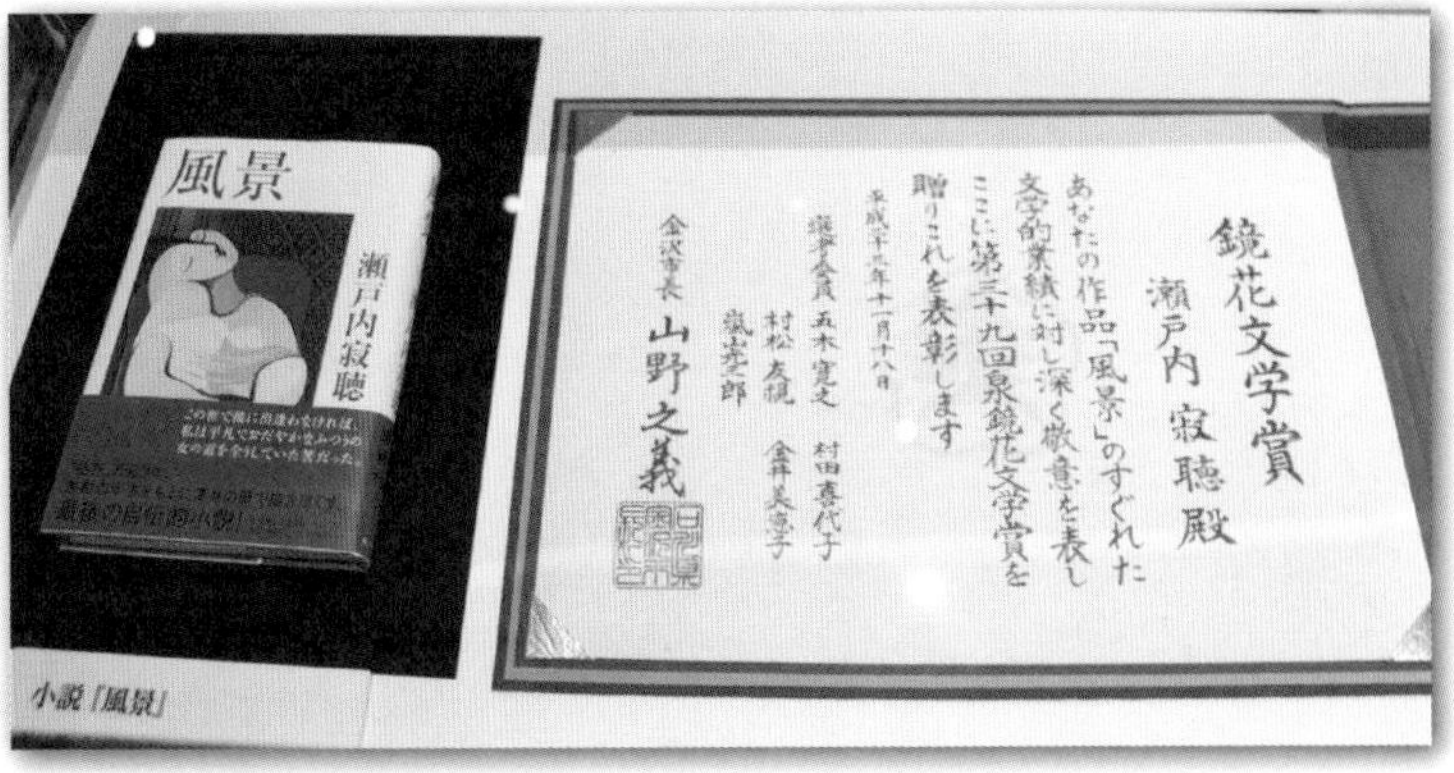

代表作の一つ「風景」は泉鏡花文学賞に選ばれた

人生の終焉を見つめ 原動力は66歳年下の秘書

瀬戸内寂聴さんが89歳で泉鏡花文学賞に輝いた短編小説集「風景」の単行本の帯には「最後の自伝的小説」の文字が躍った。しかし、90代も寂聴さんは書きに書いた。一周忌に合わせ2022年9月末に出版された短編集「あこがれ」は、亡くなる1カ月半前まで文芸誌「新潮」に連載した作品をまとめた本当の「最後の短編小説集」となった。

寂聴さんの最晩年の原動力になったのは、若い秘書の存在だった。66歳年下の瀬尾まなほさんだ。大学卒業後の22歳で京都・嵯峨野の寂庵に就職し、2年後に秘書に採用された。

2013年3月、寂庵のベテランスタッフ4人が、突然退職を宣言した。超高齢の寂聴さんの体を気遣い、少しでも金銭的負担を減らし、好きな仕事だけしてもらおうとの配慮からだった。瀬尾さんら若いスタッフだけが残された。寂庵における、いわゆる「春の革命」と呼ばれている。

これを題材にした私小説が「死に支度」だ。瀬尾さんをモデルにしたモナと91歳の誕生日を目前にした寂聴さんとの新しい生活が、ユーモアと回想を織り交ぜながら語られる。

モナを杖代わりに、日本各地に出向き、相変わらずたくさんの仕事を引き受けてしまう寂聴さん。若い秘書から新鮮な刺激を受けながら、よく笑うようになり、以前よりますます若返り、元気になっていく。

しかし、題名の通り、頭の片隅には親しかった人々の最期がよぎり、人生の終焉を考えている。

母コハル、父豊吉、姉艶は50〜60代で亡くなった。だが、寂聴さんだけはなぜか長生きした。短命で美しい詩や文を残して惜しまれて死んだ薄幸の文学者に憧れてきたにもかかわらず。家を捨て幼子を捨てた因果からか、肉親の死に目にも会えなかった。

幼い頃、死人を見た体験の描写は鮮烈だ。たらいの中で素っ裸の老人の身を清める様子が描かれ、別の時には、土葬のため丸い棺おけに正座して蓋を閉められる伯母を見て〈たくあんを漬けるようだなと感じた〉とつづる。

出家前の最後の愛人井上光晴が亡くなる際は、臨終の席に立ち会うことに。初恋の男性涼太や別れた夫の死にも思いをはせる。寂聴さんがこれまでさまざまな文学作品で書いてきた思い出が再構築され、老齢の小説家の情熱は尽きることがない。

作家の江國香織さんは講談社文庫版で〈文章はここでも小説とエッセイの垣根を軽々と越えて綴られ、読者は寂庵のいまと寂聴さんのいまから、遠い過去へ近い過去へ連れ去られる〉と解説する。

「幽霊は死なない」と題した最終章は秀逸だ。瀬戸尾さんからの本当の手紙が使われ、寂聴さんからの返信が小説の中で発表される。時には口げんかもしながら、必死に寂聴さんを支え、守り、思いやってきた瀬尾さん。寂聴さんは、そんな瀬尾さんのひたむきさや優しさに大きな勇気をもらう。そして、99年の生涯、小説家としての誇りを捨てなかった。

「文学として残る小説の中で、私への気持ちを書いてくれた粋な行動がうれしかった。私の一生の宝物」。一周忌に設けられた祭壇の前で、瀬尾さんが手を合わせた。

「私との日常を小説にしてくれた『死に支度』は宝物」と話す瀬尾まなほさん
＝京都・嵯峨野の寂庵

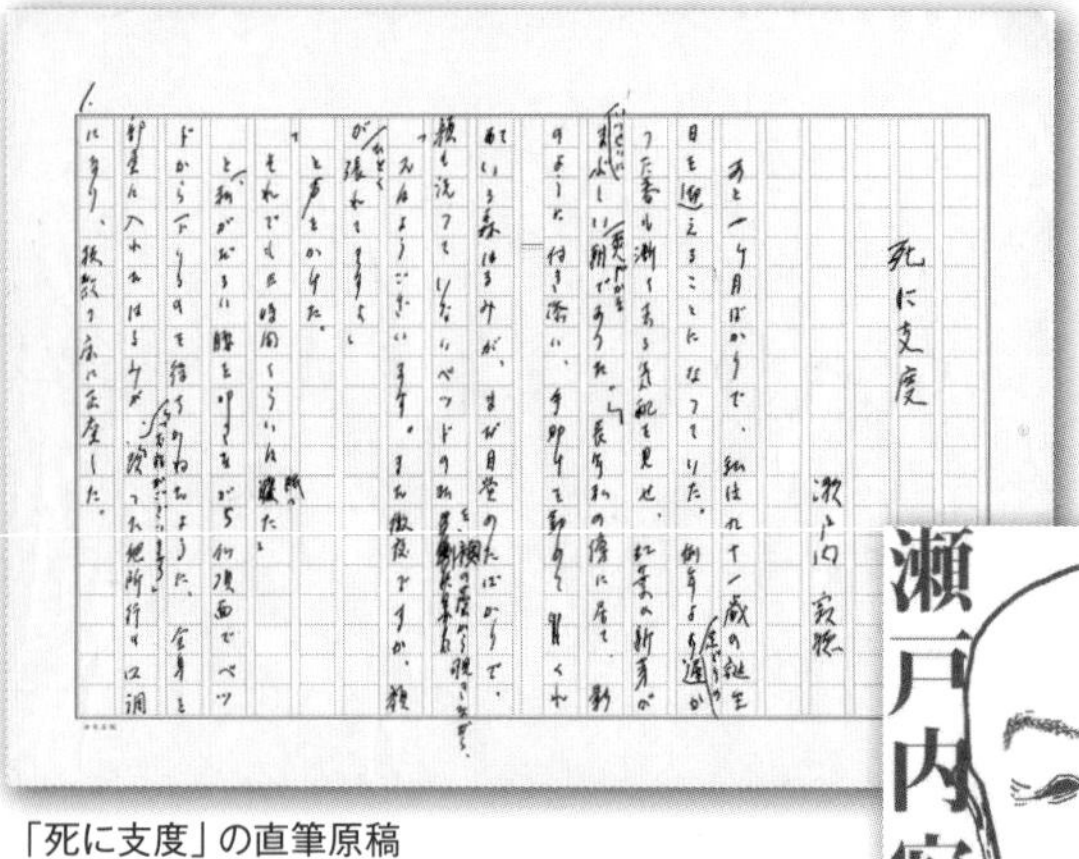

死に支度

瀬戸内寂聴

あと一ヶ月ばかりで、私は九十一歳の誕生日を迎えることになっていた。

「死に支度」の直筆原稿

瀬戸内寂聴著「死に支度」
（講談社文庫刊）

家も子も捨ててきた転生しても女性の作家に

93歳の時に「群像」で連載を始め、95歳の2017年に完結した「いのち」は、瀬戸内寂聴さんの最後の長編小説となった。92歳の誕生日まで書いた「死に支度」は、当初死ぬまで連載してもいいと思っていたが、何となく予感があって、1年で連載を終えた。

その予感は的中し、腰部の圧迫骨折が分かり、入院中に胆のうがんも発見され、手術を受けた。「いのち」は、「死に支度」の続編とも呼べる作品だ。

がんが発見された時、寂聴さんは、即座に手術を決意する。それは宇野千代ががんを克服した後、94歳で書いた小説「或る小石の話」を超す小説をまだ書けていないと思ったからだ。まだ死ねないと考えた。

「場所」「死に支度」同様、寂聴さんの前を過ぎ去ったたくさんの人の生と死が描かれる。井上光晴、小田仁二郎、涼太、姉艶…。みんな、がんで死んだ。回想は、寂聴さんの小説の中で、寄せては返す波のように繰り返す。

「いのち」は、同人誌時代から60年以上の友人であり、裏切りに遭っても憎むことがなかった河野多恵子と、詩人の魂を持つ大庭みな子の作家2人との思い出を中心に進む。互いにライバル意識をもつ親しい作家が他界してしまったのを機に書き始めた。

よく長電話をかけてきた河野は晩年、寂聴さんに「もう私、書きたいことないのよ、みぃんな、書いちゃった。今はかすかすよ、ほんと、いつ死んでもいい」と明かす。

またある時、寂聴さんは大庭に「小説家をそれほどいい職業と思ってられるの?」と問う。同じ質問を返され、寂聴さんはこう答えた。

「私は小説家になるために、家も子供も捨ててきたから…うしろめたさが今も抜けない」

一方、脳梗塞により左半身まひになった大庭は、寂聴さんに訴える。「私、もう生きていたくないのよ、前のように書けないんですもの、書かない大庭みな子なんて、この世にいても仕方がない。ほんと！　早く死んで楽になりたいの」

河野の本音も大庭の言葉も、寂聴さん自身の自問自答でもある。

寂聴さんは「いのち」の連載途中、3カ月、休載してしまう。17年3月、心臓カテーテル手術を受けたためだ。このまま命が尽きて、完結できないかもしれないと思ったほどだ。

講談社文庫の解説で、詩人の伊藤比呂美さんは〈半分伝記で、半分思い出で、半分記憶で、半分現実で、自分というより他人のことが書いてあって…〉と分析した上で、こう結論付ける。

〈寂聴先生その人が老いるとともに、その筆致もまた老いている。でもそのために、すっかり逸脱できているのだ、と。小説という枠から。くくりから。枷から。不自由さから〉

大きな恥をかかないうちに、自分から筆を断つ方がかっこいいのではないかとも考える95歳の寂聴さん。しかし、それでも死ぬまでペンを持ち続けたいと思う。「小説を書くことが、私のいのち」と信じて。

最後の長編小説はこう締めくくられる。〈七十年、小説一筋に生き通したわがいのちを、今更ながら、つくづくいとしいと思う。あの世から生れ変っても、私はまた小説家でありたい。それも女の〉。

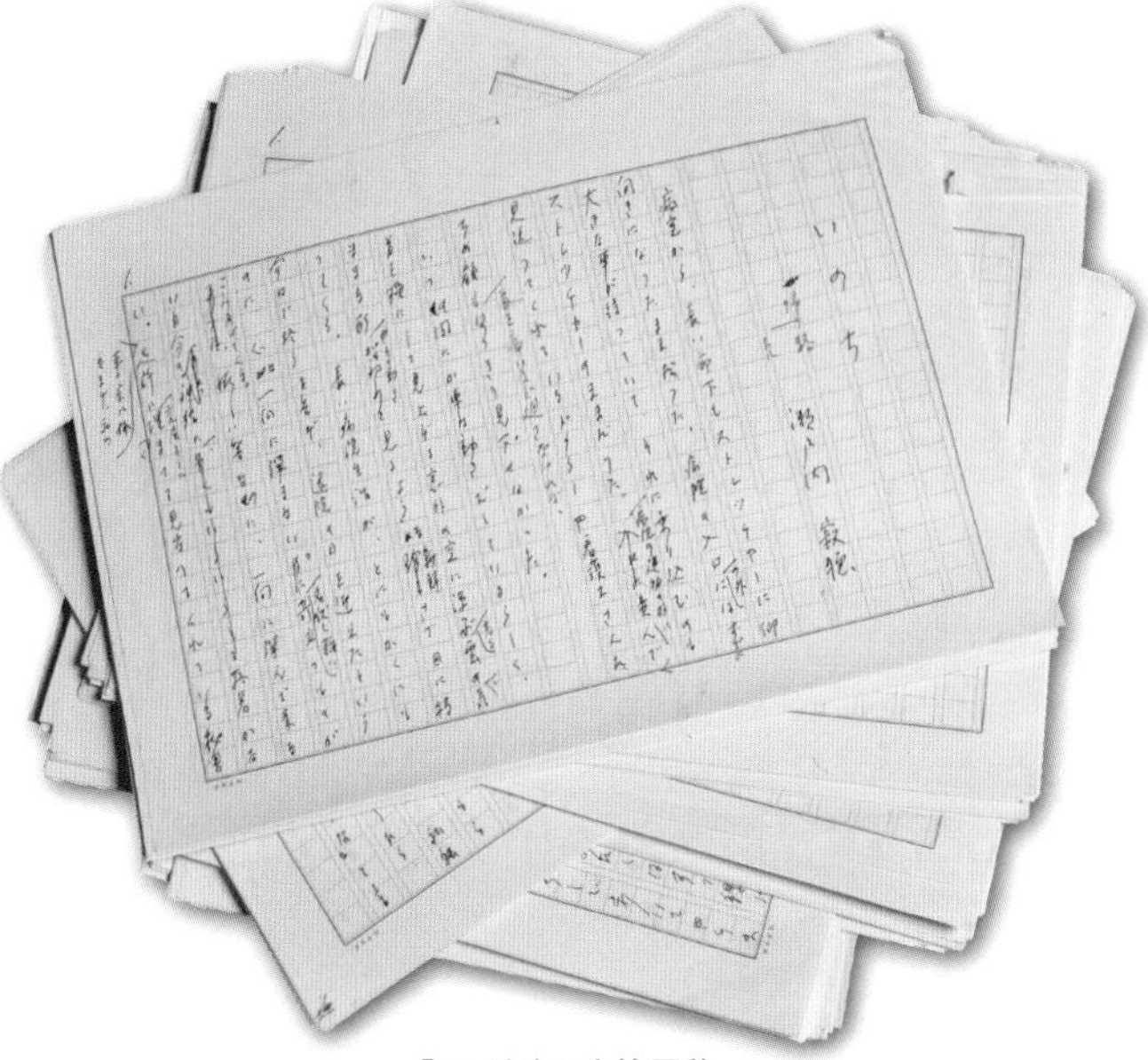

「いのち」の直筆原稿

瀬戸内寂聴著「いのち」
（講談社文庫刊）

顕彰
99年生きた作家の業績
郷土を拠点に未来へ発信

生誕100年と一周忌が重なった瀬戸内寂聴さん。その業績を紹介する徳島県立文学書道館の瀬戸内寂聴記念室には2022年、たくさんのファンが訪れた。

記念室に入ると、まず寂聴さんの生涯にわたる著作400作余りを展示した「著作の壁」が迎えてくれる。そして、生い立ちから結婚、北京で迎えた敗戦、引き揚げ、出奔、作家活動、出家、晩年まで、波乱に満ちた人生を伝える内容が展開する。

直筆原稿や折々の写真、愛用の文房具、自作の書画など、その数は膨大で、特に重要な資料が記念室に展示されている。

代表作の「夏の終り」「美は乱調にあり」「場所」などの直筆原稿を見ながら、館長の富永正志さんが話した。「寂聴さんは、ほとんど全ての資料を文学書道館に寄贈してくれました。展示しているのは、ごく一部ですが、多くの人に見ていただきたい。寂聴さんをしのぶよすがにもなるはずです」

研究者にとっても、文学書道館は顕彰の拠点になることだろう。館に保管された資料は申請すれば閲覧できる。「瀬戸内寂聴研究が進んでくれればいいですね」と富永さん。

誰もが知る人気作家だった寂聴さん。だが、法話や親しみやすいエッセーのファンが多く、小説はそれほど読まれていないかもしれないと言う。

「作品が読まれて初めて、寂聴さんの本質が正しく理解され、きちんとした評価が定まっていくのではないでしょうか」。富永さんが期待を込めた。

顕彰機運は、さらに高まりを見せている。寂聴さんが郷土に文化の種をまこうと、1981年と85年に徳島市で開いた寂聴塾の教え子らが中心になって、22年6月、瀬戸内寂聴記念会（岡本智英子会長）が設立された。文学書道館で20年間、寂聴特別展を企画してきた学芸員の竹内紀子さんが事務局長を務めている。

竹内さんは今年、新潮社から刊行された「瀬戸内寂聴全集」第2期（全5巻）で作品の解題を担当するなど、瀬戸内文学を最もよく知る一人だ。

竹内さんが寂聴さんから託されたのが「私が死んだら会報のようなものを出してね」という遺言。そして、一周忌の11月9日に記念会によって顕彰雑誌「寂聴」が創刊された。寂聴さんと家族ぐるみで親交があった芥川賞作家の平野啓一郎さんが巻頭で特別寄稿したほか、寂聴さんの最後の秘書瀬尾まなほさん、太宰治の娘太田治子さんらの文章も寄せられ、にぎやかな創刊号となった。

記念会の目標は、業績を顕彰、研究し、生き方を後世に伝えること。創刊号には随筆以外に、評論も7作品紹介され、刊を重ねるごとに内容が充実していくことが期待される。

一周忌に合わせて開いた朗読会や文学トークイベントも継続し、顕彰につなげていくことが望まれる。

21年、99歳で亡くなるまでほぼ1世紀を生きた寂聴さん。追悼イベントや出版を一過性に終わらせることなく、顕彰を未来につなげてほしい。

「徳島県立文学書道館の資料を瀬戸内寂聴研究に役立ててほしい」
と話す富永正志館長＝瀬戸内寂聴記念室

一周忌に合わせ、顕彰雑誌「寂聴」を創刊した瀬戸内寂聴記念会。
中央が竹内紀子さん＝徳島県立文学書道館

平野啓一郎さんインタビュー

文学作品の再評価を

芥川賞作家の平野啓一郎さんは、晩年の瀬戸内寂聴さんと最も親交のあった作家の一人で、2022年7月に東京・帝国ホテルで開かれたお別れの会では、生前に本人から頼まれていたという弔辞を読んだ。来県した平野さんに瀬戸内文学の魅力や、顕彰の在り方について語ってもらった。

―寂聴さんは書くことにこだわり、死ぬ直前まで現役の作家を続けた。

すごいとしか言いようがない。書くというのは本当に大変なこと。しかも、ぼやっとしたものでなく、しっかりした小説を書こうとした。それを100歳近くまで続けるのは、なかなかまねのできることじゃない。本当に尊敬している。

―平野さんは弔辞で、こう語りました。「作家にとって書くということは、人生に何が起ころうと続く行為です。病気になろうと、政治に憤ろうと、笑い転げようと、美しい光景に打ち震えようと、しんみりと幼少期を回想しようと、将来に不安を覚えようと、人に腹を立てても、人を慈しんでも、孤独にさいなまれても、孤独を愛しても」

やっぱり、経験したことは書くべきなんだと思う。「あなた、それを小説に書きなさい」とよく言っていた。瀬戸内さんは、生きて経験したことが書くことなんだと言わんとしていた気がする。本人もそれを実践していた。

―文学の趣味が似ていたと聞きました。

三島由紀夫に関心があって、谷崎潤一郎や川端康成の小説が愛読書、夏目漱石よりも森鷗外がいいと思うところなんか似ていました。観念的な文章が書きたいけれど、ご自身では書けない。瀬戸内さんは、井上光晴とか小田仁二郎とか、ちょっと前衛的で難解な作品を書く人が好きだったみたい。三島もそうだし、僕の最初の作品なんて、非常に難解で観念的だが、瀬戸内さんには面白いと思ってもらえた。

―ずいぶん、盛り上がったでしょうね。

瀬戸内さんは文学者だから、やっぱり、文学の話がしたかったんでしょうね。僕は随筆集「奇縁まんだら」は、晩年の傑作だと思う。あれこそ本当に文学史の副読本として、血の通った文学史の本として、もっと読まれたらいいなと思う。割と僕は、文学者の話を聞きたがったので、瀬戸内さんの話し相手として、僕との会話を楽しんでくれたんじゃないかと思う。

―文壇は瀬戸内寂聴をきちんと論じ切れていないと以前言っていましたね。

瀬戸内さんと政治とか、もっと論じる点がたくさんあると思う。ハンガーストライキなど具体的なアクションが注目されがちだが、政治的な関心が創作活動の中でずっと脈々と続いていて、「美は乱調にあり」や「諧調は偽りなり」では、それを書いている。創作と実践との関係をもっとちゃんと論じるべきだと思う。

瀬戸内さんのすごいところは、自分の経験や感情を書くことから始めて、当時の制度的な問題まで思考を発展させて、社会的な認識まで引き揚げていること。小説家として非常に優れていると思います。「美は乱調にあり」では、伊藤野枝の恋愛を書きながら、青鞜の時代の女性たちの自由恋愛が、女性の地位を社会的に向上させることに直結していることを、非常にシャープに見抜いている。とても面白い作品なので、翻訳も進んでほしい。

―寂聴さんは立派な人を書くのが苦手だったとも言っていましたね。

釈迦や世阿弥を書くときは苦労しているようだった。世阿弥を主人公にした「秘花」を書いている時は「小説を書くのが嫌だ」と言っていました。それよりも、等身大の人物を書いている時の方が、瀬戸内さんの筆がさえるような気がしました。

——若い頃、バッシングされた「花芯」については。

時代が時代だったので、それを書けるというのはすごかった。瀬戸内さんは、笑い話のように話すので、なんとなくみんな、笑って聞いてしまうが、やっぱり、女性作家が受けた差別として、捉え直すべき逸話だと思う。

——推薦作をいくつか挙げてください。

やっぱり、私小説「夏の終り」は外せない。アニー・エルノーの「シンプルな情熱」とか読んで、あれでノーベル文学賞を取るんだったら、「夏の終り」は、文学としてはるかに優れていると思う。僕が主宰するオンラインの読書会で300人ほどが「夏の終り」を読んだが、感銘を受けた人が多かった。瀬戸内さんが、こういう小説を書いているとは知らなかったと。文体が優れているとか、人物の描き分けとか、技術的な評価も結構あった。

中期の「美は乱調にあり」「諧調は偽りなり」は、もちろん力作。晩年の作品でいうと自伝的小説「場所」。文章が洗練されているし、構成もしっかりしている。

——一周忌に創刊された顕彰雑誌「寂聴」の特別寄稿で〈膨大な瀬戸内文学の全貌が見えてくるのは、これからである〉と書いていますね。

仏教者としての瀬戸内さん自身の存在感が強すぎて、文学者としての業績が、影になって隠れている部分があった。亡くなって、やっぱり、残っていくのは文学作品だと思う。改めて瀬戸内さんが何を書いたかということを再評価することが重要だ。瀬戸内さんはメディアの寵児みたいなところがあったが、そんなイメージに曇らされないところで、純粋に書き残したものと向き合っていくことが必要だ。瀬戸内文学を静かに読み直すいいタイミングだと思うんです。

ひらの・けいいちろう
1975年、愛知県生まれ。北九州市で育つ。京都大法学部卒。1999年、大学在学中に書いた「日蝕」で芥川賞。著書に「葬送」「マチネの終わりに」など。寂聴さんとは20年来の交流があり、2006年、阿波踊りの寂聴連にも参加した。

寂聴さんの本が並ぶ著作の壁の前で
思い出を話す平野啓一郎さん
＝瀬戸内寂聴記念室

多くの文化人が参列したお別れの会
で弔辞を読む平野さん
＝2022年7月、東京・帝国ホテル
（©「瀬戸内寂聴さん お別れの会」
実行委員会）

お別れの会で設けられた祭壇

書き尽くせぬ思い
女性差別と闘う姿鮮烈

瀬戸内寂聴さんについては、比較的よく理解しているつもりだった。しかし、連載「生誕100年　瀬戸内寂聴物語」を書くために著作や資料を改めて読むうちに、知らないことだらけだと痛感させられた。

2022年6月、「徳島ラジオ商事件編」を書いている時に、衝撃を受けた言葉がある。冤罪を生んだ背景に女性差別が大きく影響しているというものだ。冨士茂子さんは、入籍していない妻だから、過去にカフェのマダムだったから、夫殺しという無実の罪を着せられてしまったと寂聴さんは言う。

この「女性差別と闘う」ことが、寂聴さんの文学作品や社会運動のテーマと大きく関係している。「美は乱調にあり」「諧調は偽りなり」などで描いた「青鞜」の時代の女性たちもそうだっただろう。古い因習や男性中心の体制にあらがう新しい女性たちへの共感は、寂聴さんの心の深部に根付いていたに違いない。

小説「花芯」で子宮作家とそしりを受けたのも、当時の男性中心の文壇がそうさせたものだった。昭和30年代、まだまだ封建的な社会の中で、女性作家が女性の性愛を平然と書いた。男性作家が同じことを書けば、純文学だともてはやされるのに、女性が書けば「だらしない女だ」と批判される時代だった。

寂聴さんはまだフェミニズムが市民権を得ていなかった頃に、自由に女性の心情を表現し、男性社会に敢然と立ち向かったのだ。寂聴さんのファンに女性が多いのは、こうした思いと無関係ではあるまい。

5月の生誕100年に合わせて掲載した「源氏物語編」でも、新たな気づきがあった。寂聴さんは源氏物語を光源氏の愛の物語ではなく、女君たちの出家物語と捉えていることだ。女君たちは愛のために苦悩し、愛を断ち切るために出家した。51歳で生き直すために出家した寂聴さんならではの解釈だろう。

宇治十帖では、精神と肉体の乖離についても言及している。心では薫を愛しながらも、肉体では匂宮を求めずにはいられない浮舟。妻子ある作家慎吾との半同棲生活に安らぎを感じつつも、初恋の涼太を愛さずにはいられない。そんな奇妙な三角関係と主人公の苦悩を描いた私小説「夏の終り」を彷彿とさせる。

この連載を始める際、徳島では長い間、誤解されてきた寂聴さんの評判を回復させたいという思いがあった。若い日、幼い娘と夫を捨てて出奔した寂聴さん。作家になってからも恋愛や不倫を重ね、小説では性愛を書いたため、先入観から嫌悪感を抱き、拒絶している人も多かっただろう。

出家して僧侶になった寂聴さんは、まるで別人のようだった。人々の心に寄り添い、復興支援に全力を尽くし、反戦や平和の尊さを唱えた。郷土徳島のために文化の種をまき続けた。

過去は清算されてしかるべきだと考えていたが、そうではなかった。出奔も不倫も出家も、血となり、肉となり、刻印となり、瀬戸内寂聴に一生宿り続けた。生涯、現役作家にこだわり続けたのも、そのために違いない。

瀬戸内文学を何作か読んで、既読感を覚えた人も多いかもしれない。出奔も不倫も出家も、何度も書いた。だが、書いても書いても果てがなかった。書き尽くすことができなかった。

いい評判も悪いイメージも含めて、寂聴さんの99年間の生き方全てが、作家として、僧侶としての力の根源だったのだ。

青鞜の女性たちについて寂聴さんに聞いたインタビュー。
筆者にとって対面での最後の取材になった
＝2012年5月、鳴門市のナルト・サンガ

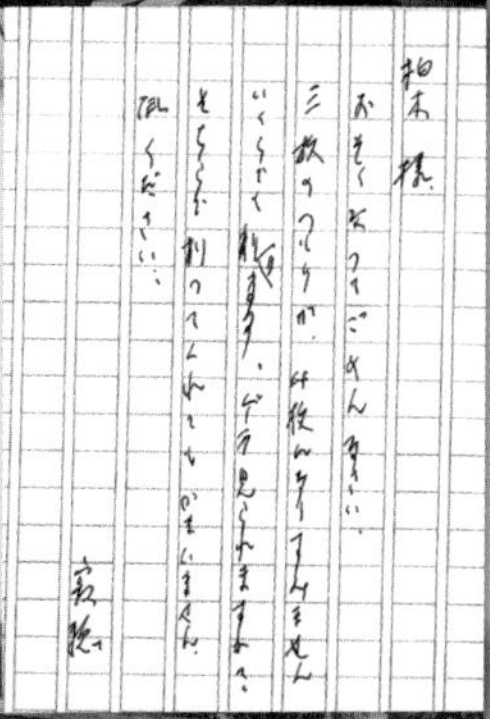

柏木様
おそくなってごめんなさい。
三枚のつもりが4枚になってすみません
いくらでも縮めて下さい。ゲラ見られますか。
そちらで削ってくれてもかまいません。
願ください…
寂聴

徳島新聞への寄稿を依頼した際に
寂聴さんから送られてきたファクス。
筆者は宝物として保管している
（2018 年7月 26 日）

一周忌の 2022 年 11 月9日、久しぶりに開門された寂庵。
秘書の瀬尾まなほさん（左）が笑顔でファンを迎えた＝京都・嵯峨野

伝説の女性になった寂聴さん

「小説の鬼であり続ける」という宿命からようやく解き放たれた。徳島市出身の作家瀬戸内寂聴さんが2021年11月9日、亡くなった。

恋と波乱の生涯だった。夫と子がありながら別の人を好きになり、25歳の時に出奔した。「人の道に外れたことをしてしまった以上、鬼になれ」とは、父豊吉から言われた言葉だ。その通り、小説の鬼に徹し、40歳で文壇での地位を確立した。

51歳の時、得度し、2度目の波乱を起こす。出家後も文学への情熱は冷めなかった。「私は小説を書くという煩悩だけはどうしても捨てられなかった」。よくそう話した。

徳島の文化振興にも貢献した。若き日の不倫により、石もて追われる思いで徳島を飛び出した寂聴さんは1981年と85年、徳島市で毎月「寂聴塾」を開き、文学や人生について語った。教え子たちは、カリスマに魅了され、終生、師と慕った。

2009年から3年半、寂庵分院として青空法話などをした「ナルト・サンガ」の運営も、そんな教え子たちが担った。私は生活文化部記者として2年間、毎月取材に行った。ナルト・サンガからは寂聴さんが幼いころから親しんだ眉山が正面に見え、とてもうれしそうだった。

インタビューの時、寂聴さんは笑顔を絶やさなかった。耳が遠かったので、私はいつも隣に座って話を聞いた。まるで幼友達と話すように楽しそうに語る。「源氏物語」の登場人物「柏木」と私の名前が同じなので、雑談にも花が咲いた。移動編集局の連載のため京都の寂庵にお邪魔した際は、ビールを一緒に飲みながらの取材だった。

四国遍路の随筆や徳島市出身の作曲家三木稔さんの追悼記事をお願いしたこともある。「さあ、今から書くわよ」と電話が入ると、直筆した原稿が一枚ずつリアルタイムでファクスされてきた。滑らかな文章は、軽妙な寂聴節そのままだった。

「青鞜」の女性や寂聴さんの波乱の人生を織り交ぜながらつづった随筆「この道」（2012年1月〜7月）は、徳島新聞での最後の長期連載となった。134回、ほぼ毎日、文化面に掲載したこともあり寂聴さんも大喜びで、掲載紙を持っていくと、少女のようなほほ笑みを見せた。

徹夜明けにしつこく取材して、一度だけ一喝されたことがある。「全部、私の本に書いてあることばかりじゃないの。同じことばかり聞かないで、もっと新しいことを質問して」。けれども、すぐに機嫌を直してインタビューに付き合ってくれた。

「晩年意識」を早くから持ち、出家した寂聴さん。しかし、それから45年以上を生きた。そして84歳での文化勲章受章。たくさんの若い弟子たちに囲まれ、誰よりも幸せな晩年だったに違いない。

14年に入って体調を崩し、手術や入退院を繰り返した。さぞや無念だっただろう。

寂聴さんが戦後見た徳島市の焼け野原、お遍路さんや眉山、モラエス、生田花世…。もっと話を聞きたかった。「100歳で芥川賞を取りたい」と冗談めかして言っていた。なぜか現実になりそうな気がした。

訃報に接し「この道」が単行本として出版された時のタイトルが頭をよぎった。「烈しい生と美しい死を」。瀬戸内寂聴は、伊藤野枝や岡本かの子ら青鞜の女性たちと同じく、伝説の人物になった。

吉野川北岸から望む眉山

寂庵でビールを飲みながら古里徳島の話で盛り上がる寂聴さん＝2011年

古里徳島に眠る

2023年2月末、ふと思い立って、自転車で徳島市国府町に向かった。目的地は四国霊場17番札所井戸寺。境内に瀬戸内寂聴さんの遺骨が眠る永代供養納骨堂「雀の郷」がある。

寂聴さんは25歳の時、夫と幼い娘がいながら、夫の教え子涼太と恋をした。それは本書で何度も触れた。その時、一度だけ、生家の徳島市東大工町から自転車で国府まで向かったことがある。涼太が国府に住んでいたからだ。自伝的小説「場所」の「眉山」の章に詳しく書かれている。それを体験しようと考えた。

毎朝、眉山のふもとで、涼太と逢い引きしていた寂聴さん。明け方までの短い時間、ただシイの林に腰を下ろし、見つめ合うだけのプラトニックな関係だった。

〈煙のような、霞のような、情熱という実体のないものにあぶられて、二人は夢の中に漂っていた〉

涼太は毎朝、暗いうちに自宅を出て、自転車で30分ほど走って、シイの林にやって来た。しかし、2日続けて来なかったことがあった。病気で高熱を出して来られないと、友人を通して聞いた。

寂聴さんは情熱を抑えられなくなる。夕飯を済ませた後、姉艶に娘を頼み、自転車で生家を飛び出した。国府町観音寺の札所の近くに住んでいるということしか知らない。恋人の家にたどり着けるかどうかなど分からないのに。

筆者も同じように瀬戸内神仏具店を出発し、国府町へ向かう。眉山のふもとを左側に見て、佐古を越え、蔵本を過ぎ、鮎喰川を渡った。井戸寺までは45分ほどかかった。

立派な山門をくぐると、すぐ左にちょうず鉢があり、その奥に納骨堂がある。

２０２２年5月15日の記憶がよみがえった。生誕１００年となったこの日、寂聴さんの遺骨が井戸寺にも分骨された。コロナ禍が続き、参列者の人数は制限されたが、約１６０人が笑顔の遺影の前で焼香を行い、古里徳島に戻った寂聴さんの魂に祈りをささげた。

納骨堂は不思議な形をしている。寺の由来にちなみ、外観が井戸のように見えるのだ。そして、上部にはピンクのガラスのオブジェがある。地下が納骨スペースになっている。

寂聴さんは、どうやら普通の墓には入りたくなかったらしい。この現代的なデザインの納骨堂ができたのを知ると「かわいい納骨堂ができた。私も入る」と、２０１８年に自ら契約したらしい。岡本太郎さんや横尾忠則さんらと親交があった寂聴さんらしい決断だ。

コロナが明けて、札所巡りのお遍路さんがたくさん訪れるようになれば、にぎやかな場所が好きだった寂聴さんの魂も、癒やされることだろう。

驚かされたのは、マスコミの取材の多さだった。地元の放送局はもちろん、全国紙や関西のテレビ局から報道陣が殺到し、このニュースを取り上げた。生きて生誕１００年の誕生日を迎えられなかったのは残念だが、黄泉の国の寂聴さんも、さぞ喜んだことだろうと思う。そんなことを思い出しながら、納骨堂の前で手を合わせた。春の気配が漂う暖かな日だった。また、自転車に乗り、今度は16番札所観音寺へ向かった。

「眉山」では、山門近くで家を探していた寂聴さんが、奇跡的に涼太と再会する場面が描かれる。好きな人に会いたいという一途な気持ちを抑えきれず、やって来た寂聴さんに、涼太は感動の涙を流す。寂聴さんは涼太よりもっと熱い涙をこぼした。

寂聴さんと涼太の関係は、明らかに不倫だ。戦後すぐのこの時代には「不貞」というそしりを受けたと、本編でも書いた。だが、2人の感情は純粋で、それゆえに美しい。初めて見る涼太の浴衣姿に寂聴さんが心をときめかせる場面も印象に残る。その後、涼太は寂聴さんを東大工町の自宅まで送って行っただろうか。それとも、寂聴さんが自転車に乗って一人で帰ったのか。それは小説では明かされていない。

『もしかしたら』と思い、観音寺の前を東西に延びる道を、東へ向いて自転車で走り出した。国道から少し南に入っていることもあり、静かな道は、東へ東へと、まるで一本道のように延びる。

若宮神社を越える辺りで、正面に眉山が見えた。鮎喰川に近づくにつれて、その姿はどんどん大きくなる。そして、間もなく土手に突き当たり、鮎喰橋の近くに出た。

寂聴さんはきっと、眉山を目印にして生家へ戻っただろう。筆者が通った道と同じだったかもしれないと思うと、胸にこみ上げるものがあった。

鮎喰川の土手に上って、眉山を望んだ。涼太は、この景色を何度見ながら、寂聴さんの元へ通っただろう。ひと目会うためだけに、年下の若者は自転車をこいだのだ。眉山がどんどん近づくたびに、幸せな気持ちで満たされたのではないだろうか。そんな想像をしてみた。

翌日からもシイの林での2人の逢瀬は続いたに違いない。そして、日が昇る頃、別れる。そんなことを繰り返しながら、やがて、2人は引き離された。

「眉山」は、こんな一文で締めくくられる。

〈私に近づいては、過ぎ去って行ったすべての男たちの後ろ姿が、誰かの振る遍路鈴の中に、累々と立ち顕れては遠ざかるようであった〉。

鮎喰川堤防から眺めた眉山

井戸寺の山門

納骨の日、報道陣が殺到した＝2022年5月15日、徳島市の井戸寺

「場所」ゆかりの「野方」を訪ねて

久しぶりに野方を訪れたのは２０２２年7月27日。東京の帝国ホテルで瀬戸内寂聴さんのお別れの会が開かれた翌日だった。

野方とは、西武新宿線の沿線にある東京都中野区の地名だ。寂聴さんの自伝的小説「場所」にも、「野方」と題した章がある。35歳の春から39歳の12月まで野方で暮らしたとある。

不遇な作家小田仁二郎と半同棲生活を続けた地。そこへ出奔の原因となった初恋の男性涼太が現れ、不思議な三角関係が始まる。この時の体験が、後に女流文学賞を受賞する私小説「夏の終り」に結実することになる。

筆者も大学時代、野方に住んでいた。生前、寂聴さんに話したことがある。筆者と寂聴さんの最もインパクトのある共通の話題は、名前が源氏物語ゆかりの「柏木」であることと、野方に住んでいたということだった。

野方と言っても、寂聴さんが住んでいたのは大和町という地名らしい。ちょうど野方駅の南側に当たる。筆者が住んでいたのは丸山1丁目という地名で、野方駅の北側にある。いずれも正式名称は野方ではないが、最寄りの駅にちなみ、野方と呼ばれていた。

今も大和町という地名は残っている。筆者の目的は「場所」に書かれた地名を頼りに、寂聴さんが住んでいた野方の場所にたどり着くことだった。

まず、野方の図書館を訪れ、周辺の電話帳を調べてみた。「場所」には、寂聴さんが当時住んでいた住所が

〈東京都中野区大和町389番地〉と記されているからだ。もちろん、昭和32年当時の地名だ。

もう一つ、手掛かりがある。尾山家に住んでいたとあるからだ。つまり、中野区大和町界隈で尾山家が電話帳に載っていたら、そこが目的地になるし、電話をかければ、もしかしたら子孫が出るかもしれないという甘い期待があった。しかし、それらしき、名前も住所も見当たらない。

仕方なく、いったん野方駅まで戻り、小説に書かれた住所をスマホで入力してみる。すると、なぜか目的地が示された。とにかく、指示に従って歩いてみることにした。

〈あの頃、新宿から出ている西武新宿線の野方の駅もこぢんまりして、電車から降りると、ほっと心がゆるむような駅であった。南口に出るとすぐ商店街が東西に流れており、駅前からその道を東に歩くと、たちまち野方郵便局の前に出た。そこから真直ぐ南へ延びた一本路があった〉

「場所」冒頭にそんな記述がある。

筆者が暮らしていた昭和末期から平成の初めにかけては、南口はなかったと思う。西側に1カ所だけ改札口があって、南北に小さな商店街が延びていた。筆者は、そこから踏切を渡って、北へ向かって下宿へ帰った。久しぶりに野方駅に降り立ち、駅を眺めてみて、驚いた。南口と書かれていた。筆者が住んでいた頃と同じ西側に出口があるものの、線路よりも南側のため、当時から南口と呼んでいたのかもしれない。

寂聴さんが住んでいた大和町は、丸山1丁目とは反対側に当たる。改札から南へ少し行くと、東西に商店街がある。筆者も時々、総菜を買いに来たり、理髪店を利用しに来たりしたことがある。「場所」に書かれている商店街とは、この辺りのことだろう。その通り、東に少し歩くと郵便局があった。すぐ東側に大きな環七通りが走り、車の往来が激しい。

スマホの誘導に従って歩くと、すぐに川を渡った。「場所」にも前述の文に続き、こんな表現が続く。

〈道の両側は、変哲もないしもたやの家並がつづいていて、少し歩くと小さな川にさしかかる。橋とも気づかず、つい通り過ぎてしまうようなささやかな橋がかかっていた〉

地図で見ると、その川は妙正寺川という名前らしい。

環七通りから一本西へ入ると、閑静な住宅街が広がる。車の音もほとんど聞こえてこない。

寂聴さんは引っ越した当時、橋のたもとの古道具屋を冷やかして歩くのが日課だったようだ。そこで、小さなちゃぶ台、大ぶりの瀬戸火鉢、キリのたんすなどを買ったと書かれている。その瀬戸火鉢に板を載せて机代わりにした。

「野方」は、40年後に再びその地を訪れた寂聴さんが、感慨をつづっている。寂聴さんが暮らしていた頃は、環七通りもなかった。古道具屋もなくなってしまい、すっかり変わってしまった街並みに戸惑いながら、何度も同じ道をさまよい歩く。

古道具屋から200メートルほど歩いた路地の奥に尾山家はあったというが、スマホが筆者を導いた場所は「中野区大和区民活動センター」という公共の建物だった。大和町2丁目とあり、少し距離が離れ過ぎているように感じた。

なぜ、スマホがそこへ道案内したかは不明だ。尾山家には結局、たどり着けなかった。

しかし、寂聴さんは最後に尾山家を発見している。

〈そこだけ、歳月から取り残されたような不思議な静謐の気がみなぎっていた。私は怖いものを見るように、視線を家の向かって左隣に移した。まぎれもなく、あの二階屋がそこに建っていた〉

寂聴さんは、その家を見上げ、小田仁二郎と過ごした頃に思いをはせる。

〈その家で男と分ちあった無数の劇的な、または限りなく日常的なもろもろのことがらや時間が、熱い棒のように全身を貫いていく〉

「場所」は今も代表作と位置づけられるだけあって、70代後半の寂聴さんの筆は、本当にさえているると思う。

他の章では、思い出の場所に体当たり取材して、ゆかりの人と会話をしていることも多いが、「野方」ではそれをしていない。そして、こう締めくくられる。

〈真昼間だというのに、なぜかどの窓も雨戸がしっかりと閉ざされていた。まるで四十年前の私の記憶の解凍を、そこだけ頑固に拒んでいるかのように〉

寂聴さんが執筆のために野方を再訪したのは、残暑が厳しい日中だった。〈あの沓い夏の終りも、こんなふうに暑かったと、ふいになまなましく思い出した〉とある。

寂聴さんは、「夏の終り」に書き尽くした思いを、あえて心の引き出しにしまったままにしておきたかったのかもしれない。そんなことを考えながら、筆者も野方を後にした。

筆者が久しぶりに降り立った野方駅＝2022年7月27日、東京都中野区

一周忌の寂庵

２０２２年11月９日、徳島から始発の高速バスに乗って、京都へ向かった。21年に99歳で亡くなった瀬戸内寂聴さんの一周忌の日だ。午前10時に久しぶりに寂庵の門が開くという。寂聴さんが出家翌年の１９７４年に建て、ついのすみかとした思い出の場所。どうしても、この日は寂庵で過ごし、寂聴さんの面影をしのびたかった。

京都駅には午前９時20分ごろ、着いた。嵯峨野線のホームは、人でごった返していた。コロナが少し落ち着き始めたため観光客が戻ってきたのか。それとも、通勤や通学のラッシュアワーが続いていたのか。人をかき分け、満員電車に乗り込んだ。

嵯峨嵐山駅に着いたのは、10時10分前。そこからタクシーを飛ばして、寂庵へ急ぐ。懐かしい寂庵にたどり着いたのは、開門１分前。どうにか間に合った。

出家前の愛人だった作家井上光晴が書いたという「寂庵」の表札が見える。午前10時になると、門が開き、若い女性スタッフが深々と頭を下げた。

１年前、寂聴さんの葬儀は、密葬、本葬とも親族や寂庵のスタッフのみで行われた。ファンらを対象にした、しのぶ会が寂庵で開かれたのは、１カ月後の12月９日。祭壇が設けられたお堂に、全国から千人以上が駆け付けたのは記憶に新しい。

寂庵の門が開放されたのはそれ以来、約1年ぶりだった。特に周知していなかったこともあり、列を作ることはなかったが、それでも、ゆかりの人やファンが全国からやって来た。

サガノ・サンガと呼ばれるお堂には、1年前と同じ祭壇が設けられたままだった。遺影は、たくさんの知人から送られた花を喜ぶように、笑顔をたたえている。それを見て、思わず感極まる人も多かった。

三重県から来たという90代の女性が思い出話を聞かせてくれた。一人息子を病気で亡くし苦しんでいた2000年、救いを求めて岩手県天台寺の青空法話に出掛けた。幸運にも悩みを打ち明けることができた女性は、寂聴さんから励ましの言葉をもらった。「息子さんはあなたの心の中に生き続けているから大丈夫。今度、京都に来なさい」

以来、2019年まで寂庵の写経の会に通い続け、多くの仲間を得た。「それを励みに今まで頑張れました」と祈りをささげた。

秘書の瀬尾まなほさんが、訪れた人たちに、寂聴さんの著作をプレゼントしていた。神戸市から訪れた40代の女性は、小説「爛」を手にした。90歳を過ぎた寂聴さんが、円熟の筆で、女性の生と性の深淵に思いをはせた作品だ。「これこれ、母として生きるのではなく、女性として生きる姿をリアルに描くところが好きだった」と瞳を輝かせた。

この日は、穏やかな晴天に恵まれた。イロハモミジや桜の葉が色づく庭からは、野鳥の声も聞こえてくる。のどかな小春日和の一周忌となった。

午後2時半ごろ、徳島県立文学書道館学芸員で瀬戸内寂聴記念会事務局長の竹内紀子さんも、徳島からやって来た。記念会が出版したばかりの顕彰雑誌「寂聴」を祭壇に供え、「先生が楽しみにしていた本を、一周忌までに完成させることができ、やっと責任を果たせた気持ち。『よく頑張ったね』と言ってもらえると思う」

と涙ぐんだ。

俳優の嵐圭史さんも、東京から駆け付けた。寂聴さんの小説「秘花」を原作とした舞台「世阿弥」を上演している。生前「佐渡に流された年取った世阿弥は色っぽいのよ。あなたにぴったり。ぜひおやんなさいな」とお墨付きをもらったという。嵐さんは「先生に舞台を見てもらいたかった」と寂しがった。

堂守の馬場君江さんが、庭を案内してくれた。庭には、少しだけ黒竹が生えている。もっとたくさん生えていたのに、寂聴さんが亡くなった後、突然、花が咲き、ほとんどが枯れてしまったという。竹に花が咲くのは、とても珍しいことらしい。そして、花が咲くとその命を終える。

寂聴さんがついのすみかとした寂庵。黒竹も主が亡くなり、悲しかったのだろうか。99歳の寂聴さんの命が燃え尽きるのを待って、自らも歩みを終えたのかもしれない。

そんな感慨にふけっていると、あっという間に閉門時間になった。

瀬尾さんは「一周忌の今日だけは門を開けておきたかった。遠くから訪れる人も多く、先生がどれほどたくさんの人と出会い、励まし続けてきたかが分かりました。とてもありがたかった」と話した。

翌11月10日の朝、少し時間があったので、嵐山周辺を散策した。紅葉シーズンとあって、やはり、観光客や修学旅行の学生でにぎわっている。

天龍寺近くの竹林の小径と呼ばれる周辺は、人力車に乗った人も目立つ。風情のある竹林を眺めながら歩いていると、すぐに野宮神社にたどり着いた。縁結びの神様とあり、大勢の若者らが楽しそうにおみくじなどを引いていていた。

案内板に目をやると、黒木の鳥居についての説明があった。黒木鳥居とは樹皮の付いた原木の鳥居で、形式が原始的なのだという。驚いたのは、そのクヌギの木は徳島の剣山の山麓から切り出してきたと記してあることだ。題して「日本一 黒木鳥居」。

野宮神社は、源氏物語の第10帖「賢木」で光源氏が六条御息所を迎えに行く場面で登場するらしい。改めて読むと、寂聴さんの現代語訳にもそう書いてある。なぜもっと早く、このことに気づかなかったのか。知っていれば、生前の寂聴さんにいろいろと尋ねることができたのに。源氏物語ゆかりというだけでなく、野宮神社の黒木鳥居が古里徳島の木でできていたことを話せば、さぞかし盛り上がったことだろうに。

寂庵は、にぎやかな嵐山とは、鉄道を挟んで逆方向にある。建設した1974年には、周囲に何もなかったらしいが、今は閑静な住宅地になっている。

静かな寂庵の庭には昨日、赤紫のホトトギスの花が満開だった。これも源氏物語ゆかりの花だと、堂守の馬場さんが教えてくれたのを思い出した。

一周忌の寂庵。笑顔の遺影に祈りをささげる人たちの姿があった
＝2022年11月9日、京都・嵯峨野

ー寂聴の文学遺産ー

青鞜の恋と革命に共感
新しい女性を書く

「私がもっと早く生まれていたら、間違いなく『青鞜』に入っていたでしょうね」。2011年11月、徳島県立文学書道館の館長室で、瀬戸内寂聴さんが筆者の質問に答えた。青鞜の女性たちと同時代に生まれ、生きられなかったことがとても悔しそうだった。

瀬戸内文学の中で、現代の若者にどの作品を一番読んでもらいたいかという問いには「やはり『美は乱調にあり』ね。若い時は、自分の気持ちに正直に、恋と革命に生きてほしいから」と笑ったのを思い出す。

「青鞜」は、1911（明治44）年、平塚らいてうの主宰で創刊した日本で初めての女性だけの文芸誌だ。古い因習や男性中心の体制にあらがう「新しい女性たち」の象徴だった。

1965年に発表された「美は乱調にあり」は、青鞜最後の編集人となった伊藤野枝の半生を描いたドラマチックな伝記小説だ。発表から半世紀以上過ぎた今も、その文学的価値と面白さは色あせない。福岡出身の野枝は文学を志して上京し、女学校で英語教師の辻潤と恋に落ち、子どもを2人も産んだにもかかわらず、無政府主義者の大杉栄との危険な恋に走る。

野枝の情熱的で劇的な生涯には圧倒されるばかりだ。「この時代に生きた若者たちの生活は乱調だ。しかし、乱調の生は熱気に満ちる」。寂聴さん自身がそう述懐するように、若さゆえの情熱の過剰や思慮の未熟さは、光り輝く。

知性派の辻は、そんな野枝の真っすぐな生き方のとりこになってしまう。人生を振り回されたといっても過言ではない。

作品の後半は、自由恋愛を主張する大杉と野枝、神近市子、大杉の妻堀保子との複雑な多角関係が軸となる。インテリで自尊心が高い市子が、どうしても恋では野枝に勝てない。そして、短刀で大杉の首を刺すという事件に至る展開で小説は幕を閉じる。

愛さえあれば、同時に別の女性を愛することができるとする大杉の自由恋愛理論。それとは裏腹に野枝の野性的な若さと可能性に魅了される大杉。その矛盾だらけの考え方に4人の関係は泥沼化していく。

読者を夢中にさせるのは、自我に目覚めようとする近代の女性への寂聴さんの共感能力だろう。寂聴さんのペンは野枝だけでなく、市子にも感情移入したように走る。多くの伝記小説とは違い説明的でなく、まるで今、本当に起こっている出来事のように生き生きと描き出される。

「まるで雷に打たれたように恋をしてしまう」と、生前の寂聴さんはよく話していた。そんな恋愛経験が「美は乱調にあり」に結実したに違いない。

史実では、この後、野枝は関東大震災の混乱に紛れ、大杉と共に虐殺され、28歳の短い生涯を閉じる。その続編は16年後に「諧調は偽りなり」として発表された。

徳島県立文学書道館の3階書庫には、寂聴さんが寄贈した青鞜関連の書籍が大量に所蔵されており、その一部を見ることができる。「激しい生と美しい死」を描いた寂聴さんの文学の礎となった貴重な資料だ。

「美は乱調にあり」の直筆原稿＝徳島県立文学書道館

「新しい時代を切り開いた青鞜の女性たちの魅力は100年たっても色あせない」と話す瀬戸内寂聴さん＝2011年11月、徳島県立文学書道館

女性の性愛　平然と描く

小説「花芯」

瀬戸内寂聴さんが若き日、小説「花芯」を発表した際、「ポルノ」と酷評されたことはあまりにも有名だ。「子宮作家」とのそしりを受け、過去に夫や子を捨て出奔した経験も相まって、古里徳島でも寂聴さんの評判はかなり悪かった。

児童文学などを書いて生活をしのいで小説家を目指した瀬戸内晴美時代の寂聴さん。1957年、「女子大生・曲愛玲《チュイアイリン》」で新潮社同人雑誌賞を受賞し、やっと小説家としてデビューした直後のことだった。

だが、本当にポルノ小説なのだろうか。評論家平野謙が書いたように「必要以上に『子宮』という言葉が使われている」のだろうか。多くの人が世間のうわさに惑わされてこの小説を酷評していなかっただろうか。あらためて読んだ。

―きみという女は、からだじゅうのホックが外れている感じだ―。主人公「私」の愛人である越智のそんな言葉で物語は始まる。

その後、過去を振り返るように、私こと古川園子の男性遍歴が語られる。戦時中の女学校時代に親戚の青年雨宮と婚約していた私。にもかかわらず、私は夜の校舎で英語教師と初めてのキスを交わす。少女の好奇心と若い男の欲情はエスカレートするが、処女だけはかろうじて保たれる。

女学校時代の描写は、まるで寂聴さんの出身校である徳島県立徳島高等女学校が舞台になっているようで、リアリティーを伴う。

私は20歳で雨宮と結婚。銀行員の雨宮の京都転勤によって、物語は大きな展開を遂げる。雨宮の上司の越智と不倫関係に陥るのだ。そして、三角関係、四角関係の末に「完璧な娼婦」に身を落としていく。

芥川賞作家の川上弘美さんは「花芯」（講談社文庫）の解説で、この小説のテーマは「精神性と肉体性の相剋、また、乖離、である」と記す。昭和30年代前半「あの時代にこのようなテーマをつきつめた女性は、皆無に等しかったはずだ」と続けている。

主人公の私は、恋をすると体の内側が熱くなる体質を持ち合わせている。作中の表現を借りると「からだの芯がうずいてくる」「行為によって、私は、私の内臓が、生きて、いのちを持っているのを、ありありと感得した」「私の子宮が需める快楽だけを、私の精神も需めだしたのだ」などとつづられる。

川上さんは「花芯」が酷評された理由をこうも分析する。男性優位の「まだまだ封建的な社会の中で、女性みずからが性愛をきちんと語った、という怖さもあろう。けれど、それ以上に、こんなに性愛に長けた―精神的にも肉体的にも―女性を、女性が平然と描いた、ということが、もっと怖かったのではないか」

筆者も、なぜ大江健三郎さんの「他人の足」や村上春樹さんの小説群は許されるのに「花芯」は冷遇されるのか、理解に苦しむ。川上さんも「今の世の中で『花芯』をはじめて読めば、『品がありすぎて困る』などと言いだすにちがいない」と述べており、筆者も同感だ。

とにかく寂聴さんは、野心に燃えて、この小説を書いたことは間違いない。指摘される展開や表現もややあるかもしれないが、それは「花芯」の文学的価値を下げるものではないはずだ。

ポルノと酷評された「花芯」の展示
＝徳島県立文学書道館

瀬戸内寂聴著「花芯」
（講談社文庫刊）

晴美時代の寂聴さん。右はおいの敬治さん。中央は義兄の豹行さん

三角関係の苦悩と孤独

私小説

1962年、瀬戸内寂聴さんが40歳の時に発表した短編小説「夏の終り」は、間違いなく寂聴さんの代表作の一つだ。作家小田仁二郎との半同棲生活や、もう一人の愛人涼太との不思議な三角関係を赤裸々に明かした私小説。2人の恋人との執着と別れ、そして寂聴さんの愛と苦悩と孤独をつづっている。翌63年に念願の女流文学賞を受賞した。

染色作家で38歳の知子が主人公。50歳の不遇な物書き慎吾は、知子の家と妻子の住む海辺の家を半月ずつ二分して通うという奇妙な生活を8年も続けている。そこへ知子のかつての恋人で若い涼太が現れた。夫と子を置いての上京。そして2人の男との三角関係。設定は寂聴さんの恋愛遍歴とほぼ一致している。現実味が伝わってくるのは、そのためだろう。

作中、知子は慎吾を愛しながらも、涼太と深い仲に陥る。不貞の事実ではなく、慎吾に秘密を持ってしまったという精神的な裏切りが、知子を悩ませた。そのおびえから、慎吾が死んだという悪夢にうなされ続ける。

この小説の読みどころは、慎吾の妻をも巻き込んだ四角関係として描いているところだろう。妻は夫に愛人がいることを知っていながら、慎吾を知子の元へ送り出す。

そんな不思議な関係は、涼太の言葉を借りて、こう説明される。「三人が三人ずるくて、狎合いでごまかしあってきたんじゃないか」「不思議なのは、あなたも、むこうの奥さんも、ぼくもだんだん、おかしくなってきている」

クライマックスは、知子が海辺の町を初めて訪れる場面。探し当てた家には、慎吾しかおらず、たまたま妻子は不在だった。壁につったワンピース、ペンキのはげた犬小屋。そこで初めて知子は、慎吾の日常をかいま見る。そして、夫を愛人の家に送り出した後の妻の孤独な影をまざまざと感じるのだ。心に痛みが走り、自分のしてきたことの恐ろしさに気づき青ざめる。そして、また涼太の言葉がよみがえる。「あなたはぼくにしている以上に小杉さんの奥さんにひどいことをしているんだ」

慎吾と知子の関係がたちまち破局することはない。たぶん、これまでと同じ関係が続くのだろう。そうにおわせて小説は終わる。

「夏の終り」の前後の出来事は、2001年に寂聴さんが79歳の時に発表した小説「場所」に詳しく書かれている。父の故郷、生まれ育った徳島、恋を覚えた土地、作家になった住居など、ゆかりの地を訪ねた感慨を描く。私小説であり、自伝的な要素がより強い。数々の修羅場をくぐり抜けた後、自らの半生を見つめ直したからか、静かな心境がつづられる。

「野方」と名付けられた章には、「夏の終り」の舞台となった東京都中野区の借家が描かれる。筆者も大学時代の4年間、野方に住んでいた。取材時に寂聴さんに告げると、とても喜んでいたのを思い出す。

「夏の終り」は13年、満島ひかり、小林薫、綾野剛の出演で映画化された。「場所」と「夏の終り」のエピソードを組み合わせたような作品だ。「場所」を読めば、「夏の終り」の背景が見えてくる。両作は寂聴さんの文学を知る上で重要な作品だ。

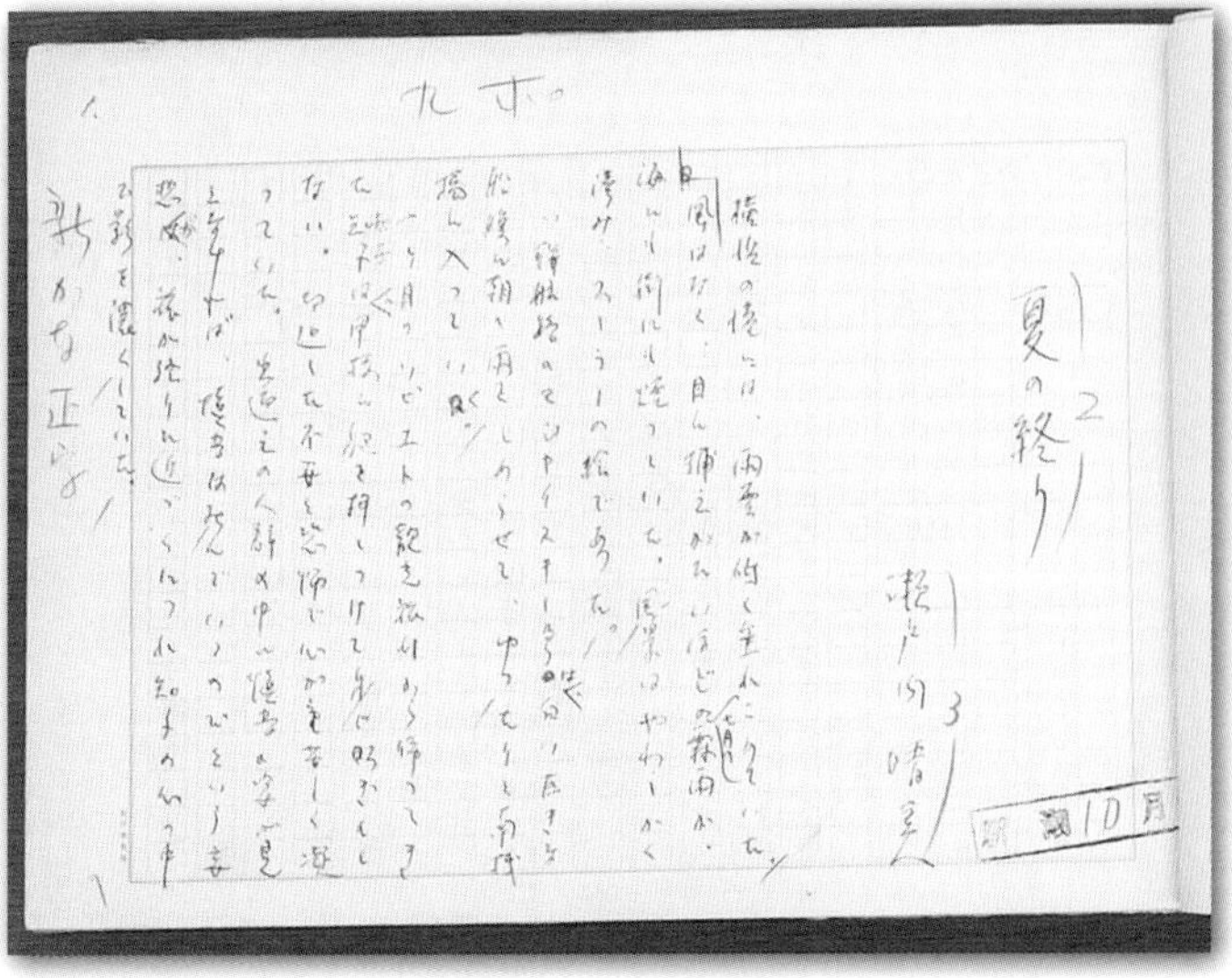

「夏の終り」の直筆原稿

「夏の終り」は女流文学賞を受賞した

古里の記憶　温かな筆致

巡礼と随筆

瀬戸内寂聴さんは、たくさんの対談集や法話集を出版している。それは、まるで寂聴さんが今、そこで話しているような軽妙な語り口だ。随筆は少し違う。作家としての筆遣いや文学作品としての格調の高さが感じられる名作も多い。

筆者のお気に入りの随筆は、１９８２年に出版された「寂聴巡礼」だ。こんな一文で始まる。

―幼い昔、春は巡礼の鈴の音が運んで来るものだと思いこんでいた。

ある朝、それはふと、夢の中に聞こえてくる。かすかに遠く、あるいは鮮やかに近く、りんりんと鳴る鈴の音は、清らかになつかしく、まだ夢の中に漂っている私の枕に響いてくる―

１９２２年生まれの寂聴さんが古里徳島で過ごした少女時代の記憶が、美しい文章でつづられる。読んでいて、とても温かな気持ちになる。

幼い寂聴さんは、寝間着のまま表へ飛び出して、朝もやのかなたから聞こえる鈴の音に耳を澄ます。寂聴さんにとって、それは「春の足音」だった。寂聴さんは母親にねだり、お接待袋をもらい、町の四つ辻の台に置いてくるのだった。

―どの巡礼の白衣も、通って来た春の野の若草の匂いと、ぬるんだ春風の香をしみこませていた―

90年以上前の古き良き古里の風景は、寂聴さん亡き後も、名文とともに読み継がれるに違いない。

おヨネとコハルを愛したポルトガルの文人モラエスのことや、箱廻しの「傾城阿波の鳴門」を見物した思い出なども盛り込まれ、貴重な記憶を書き残した意義も見逃せない。

幼い頃の寂聴さんは、巡礼に「四国」と「西国」があることを知らなかった。阿波鳴のお鶴は、実は西国巡礼の途中にお弓と再会する。そのことを改めて教えられる。寂聴さんは、路傍の箱廻しの人形芝居から、巡礼の背負う運命の悲しさを自然にくみ取っていた。

25歳の時、家庭を捨て出奔した寂聴さん。その体に流れる「放浪の血」について書かれた文も興味深い。寂聴さんの父方の祖父は、妻と幼い4人の子を捨てて出奔している。村へ来た女役者を追って去ったと伝説めいた話になっている。その辺の詳しいいきさつは、2001年に出版された自伝的小説「場所」に詳しく書かれている。寂聴さんの父は、3歳の時に父親に捨てられたことになる。12歳で指物職人の弟子に奉公に出され、苦労して今の瀬戸内神仏具店を築いた。

「寂聴巡礼」では、父親について、祖父ゆずりの放浪の血を潜ませながら、優しさから家族を見捨てることができず、生涯、漂泊への夢を果たすことができなかったのかもしれないと述懐している。

—父の果たせなかった漂泊への切実な憧憬が、ひとりになった私の中に、いつのまにかしのびこみ、安住や平穏に住みつけない、無頼と放浪の血をかもし、うながしているのかもしれない—

51歳でいきなり出家へ踏み切れたのも、その血に由来するものだろうと自己分析している。

99歳の生涯で、恋愛小説、私小説、随筆など400冊以上の本を書いた寂聴さん。その文学遺産の意義を丁寧に顕彰していくのが、私たち徳島県民の務めだ。

―瀬戸内寂聴が語る「わが徳島」―
古里への思い　愛する地に恩返し

「私は石もて追われたっていう感じで徳島を出ました。だから、徳島へは帰らない。もう二度と帰れないと思っていた。でも、帰ってくるようになって、今では本当によかったと思う。徳島は私の感性を培ってくれた土地。私が人間形成されたのは、紛れもなく、生まれ故郷の徳島だった」

89歳になった瀬戸内寂聴さんは、遠い過去の記憶を引き寄せるように語り始めた。

なぜ、古里を追われる身になったのか？　それは寂聴さんが若き日、結婚していたにもかかわらず、別の男性を好きになってしまったから。25歳のときに、夫と幼子を捨てて、家を飛び出した。２００1年に野間文芸賞を受賞した自伝的小説「場所」には、そのとき、父豊吉から送られた手紙の衝撃的な内容がつづられる。

「これでお前は人の道を外れ、人非人になったのであるから、鬼の世界に入ったと思え。鬼になったからには、今更人間らしい情や涙にくもらされず、せいぜい大鬼になってくれ」

不倫により悪女の汚名を受けた寂聴さん。人の幸福を踏みにじってしまった以上、自分は決して幸せになってはならぬと心に決めた。しかし、それは恋に生きるためではなく、小説家になりたいという一念が起こした出奔だった。

学生のように下宿生活をしながら少女小説や童話を書いて生活し、作家を目指した20代後半。34歳のとき「女子大生・曲愛玲」で新潮社同人雑誌賞を受け、小説家として文壇にデビューする。その直後に発表した「花芯」

が「ポルノ」だと酷評され、文芸誌から冷遇される。「でも、『花芯』でつまずいたおかげで、今の私があると思う。あのとき、順調にいっていたら、売れる作家にはなったでしょうが、それまででしたね」

寂聴さんは38歳のとき、田村俊子賞を受賞し、文壇に復帰。１９６３年「夏の終り」で女流文学賞を受け、作家としての地位を確固たるものにした。

「私はずっと徳島が好きでした。でも、いろいろなしがらみがあり、帰ることができなかった。その時『ど うしても帰ってきてください』と言ってくれる人がいた。当時の徳島市長山本潤造さん（故人）です」

深刻な話を打ち明けるように、少し沈みがちに話していたが、ここまで話したとき、にわかにいつもの明るい口調に戻った。「わざわざ京都の寂庵に三度も来てくれて『寂聴さんに徳島に帰って来てもらわなくては困るんです』と、三顧の礼をもって説得されたんです。私は何度もお断りしたんだけど、その熱意に感動して、古里へ戻る決意を固めたんです」

１９８０年のことだ。それから30年余り。「こんなに頻繁に帰ってくるようになるとは、さすがに思わなかった」と話すように、徳島県立文学書道館の館長としての仕事以外にも、寂聴塾や講演会、ナルト・サンガでの青空法話などで、毎月のように古里徳島に帰るようになった。「２００６年に文化勲章をいただいたとき、徳島の人からも大きな祝福を受け、少しは古里に恩返しができたかなと思いました」

卒寿が近付いた今も、小説の執筆や講演会、マスコミの取材対応などに大忙しの寂聴さん。背骨の圧迫骨折のため、昨年秋から今年春まで、約半年間の療養生活を余儀なくされたが復帰。自ら館長を務める徳島県立文学書道館の特別展や、ナルト・サンガの法話など、徳島での活動もフル回転している。

歯切れのよい語り口と飛びきりの笑顔。楽しく慈愛に満ちた話は、聞く者に活力を与え続ける。

少女時代 運命決めた「源氏」

2011年、徳島市の県立文学書道館で開かれた特別展「終の栖」で、珍しい写真を目にした。法衣姿の瀬戸内寂聴さんがブランコに乗り、写真家の藤原新也さんと一緒に遊んでいる。その表情は、まるで無邪気な少女のようだ。

「私は子どもの頃から、ブランコが大好きなの。だから、ブランコを見つけると、すぐに乗りたくなる。私が台本を手掛け、同郷の三木稔さんが作曲したオペラ『愛怨』を鑑賞するために、昨年、ドイツを訪れたときも、ついブランコを見つけて乗っちゃった。当たり前だけど、ブランコは世界共通の遊具なのよ」

寂聴さんは、1922年、徳島市塀裏町（幸町）生まれ。18歳で東京女子大学へ進学するまでは、徳島以外で住んだことは一度もなかった。つまり、生粋の阿波っ子だ。少女時代はどうだったのだろう。

父豊吉は指物職人だったため、家には弟子が10人以上住み込みで働いており、大家族で暮らしていた。「両親ともに忙しく、幼いころはほとんど見捨てられていたの」と振り返る。

5歳のときだ。5歳年上の姉艶さんが幼い頃は、まだ祖母が生きていたため、幼稚園に通うことができたが、寂聴さんは送り迎えをできる人がいないという理由で、幼稚園への入園を断念させられてしまった。

「でも、どうしても納得できなかった。そんなの不公平でしょ。それで、ひとりで徳島駅前にあった寺島尋常小学校（内町小学校）の校内にあった幼稚園まで歩いて行って『幼稚園へ入りたい』って泣いた」。6月の初夏の日差しが照り付ける暑い日だった。寂聴さんは、今でも忘れない。5歳の少女のとっぴな行動は家族や周囲を驚かせた。「『この子は放っておくと何をするか分からない』ということになり、翌日から姉と一緒に登下校する約束で、途中から幼稚園に入園することができた。とても気が強い少女だったんでしょうね」

84年も前の出来事を、まるで昨日のことのように楽しそうに話す。89歳になっても衰えない行動力はたぶん、このころ既に片りんを見せていたのかもしれない。

新町尋常小学校（新町小学校）へ入学するとき、塀裏町から東大工町へ引っ越した。ここに今も実家の瀬戸内神仏具店がある。小学校時代の寂聴さんは、読書好きで綴り方（作文）が得意な少女だった。アンデルセン、グリム、西條八十から宇野浩二まで何でも読んだ。初めて作家を夢見たのもこのころ。

「3年のとき、将来の夢を聞かれた調査で、私は迷わず『小説家』と書いた。無記名だったのに、みんな一斉に私を見るの。そんなことを書くのは私に決まってるという感じ」

徳島県立徳島高等女学校（城東高校）へは、1番の成績で入学した。1935年のこと。

運命的な出合いがあったのは、入学式の翌日だった。学校の図書館で与謝野晶子訳「源氏物語」を見つけた。

「こんな面白い本は読んだことがない、と興奮しましたね。文学少女だった私は、有名な小説はたいてい読んでいるつもりだったのに、源氏物語はどの小説よりも素晴らしかった。将来、絶対に小説家になろうと、あらためて決心したの」

まさか76歳になって「瀬戸内寂聴現代語訳　源氏物語」（全10巻）の出版を成し遂げるとは、夢にも思わなかっただろう。しかし、このときの源氏物語との出合いが、寂聴さんのその後の作家活動を大きく支えた。3年のときに出版された谷崎潤一郎訳も、夢中になって読みふけった。

「徳女では多くのことを学びました。当時から名門で、徳島での結婚条件の一つに『徳女卒業』とあったほど。学力的レベルも高かったと思います。東京女子大学へ入学したとき、そのことがよく分かりました」。

大好きな風景　澄んだ空　巡礼の鈴

「眉山がこんなに近いとは思わなかった」

瀬戸内寂聴さんは、北京から引き揚げてきた1946年8月の徳島市内の風景を、鮮明に覚えている。前年7月の徳島大空襲により、徳島市街は文字通り、焼け野原となっていた。「徳島駅に降りると、何もないのね。今は、街の向こうに眉山が見えるけど、建物も何もないと、眉山がすごく近くに見えたの。びっくりした」

ぼうぜんと立ち尽くしていると、新町尋常小学校時代の同級生が寂聴さんを見つけ、悲報を告げた。実母コハルと祖父が、東大工町の自宅の防空壕で焼け死んだというのだ。

東京女子大学在学中に見合いし、北京の師範大学で講師をしていた学者の卵と結婚。太平洋戦争のさなか、夫と北京へ渡った。44年には長女が誕生。終戦後、親子3人で着の身着のまま徳島へ引き揚げてきた直後の衝撃だった。空襲による一面の廃虚、目の前にそびえ立つ眉山…。まさに「国破れて山河在り」の心境だった。戦後生まれの者には想像もできない切ない景色。寂聴さんは、そのときまだ24歳だった。

眉山には別の思い出もある。夫以外の人と恋に落ち、逢い引きをした場所だった。

「不倫といっても昔風ですから、肉体関係も何もない。幼いころからよく知っている眉山の林の中で、ただ朝早く、一時間ほど座って話をしていただけ…」

その恋のことは、代表作「夏の終り」や、2001年に野間文芸賞を受賞した自伝的小説「場所」、2011年に出版した短編集「風景」にも垣間見ることができる。

最近は館長を務める徳島県立文学書道館の特別展や、ナルト・サンガでの青空法話のため、古里徳島へ戻る機会も多い寂聴さん。京都市の寂庵からの移動は車で3時間もかかる。時には移動前夜、締め切りが迫った小説の執筆に追われ、徹夜で30枚の原稿を書き上げることもあるという。

89歳の今も超人的な日程をこなす寂聴さんは、ふとこんなことを話し始めた。

「このごろ私は、徳島の空は青く澄んでいて、とても美しいとつくづく思う。懐かしさからそう感じるのかと思っていたけれど、そうじゃないみたい。講演や取材で全国の青空を眺めてきた私が言うんだから間違いない。徳島の青空は、どこよりもきれい。自慢していい」

寂聴さんは小説や随筆の中で、折に触れ、古里徳島の思い出を語る。たぶん、それは徳島のことを本当に愛しているからだ。徳島県立徳島高等女学校を卒業した18歳までは徳島に住んでいたものの、戦後引き揚げてきた後の約1年半を除き、89年の人生のほとんどを県外で暮らしてきた。その寂聴さんが魅了される青空。「地元に長い間、住んでいるとなかなか気付かないでしょうけど、そんな郷土の風景を誇りにしてもらいたいですね」

四国遍路の情緒も、寂聴さんの好きな風景の一つだ。「幼い昔、春は巡礼の鈴の音が運んで来るものだと思い込んでいた」。こんな書き出しで始まる随筆紀行「寂聴巡礼」は、少女時代の寂聴さんの豊かな感性をうまく表現している。春の足音に誘われ、お接待袋を町の四つ辻に設けられた台の上に置いてくるのが、幼い少女だった寂聴さんの日課だった。

「朝もやの中から影絵のように浮かび上がってくるお遍路さんの姿を眺めていると、心が軽やかに浮き立ちました。どの巡礼の白衣にも春風の香りが染みこんでいるような気がした」

寂聴さんの瞳に映る美しい徳島の風景。それは私たち県民が思い出さなくてはならない大切な宝物かもしれない。

懐かしい人々　作品につづる追憶

2011年5月、満89歳になった瀬戸内寂聴さん。「来年は卒寿ですよ。卒寿と言えば、人間を卒業すること」と冗談めかして話すように、長い人生の中で、今や知る人も少ない人物との交流が数え切れないほどある。徳島ゆかりの懐かしい人々のことを語ってもらった。

まず晩年を徳島市で過ごしたポルトガルの文人モラエス（1854〜1929年）との邂逅から。新町尋常小学校1年のとき、瑞巌寺（徳島市東山手町）近くの通りで遊んでいると、男がのそっと出てきた。「一目で西洋人と分かりましたよ。珍しかったから、後ろをついていったの。寺町をずっと歩いて、お墓へ行くのを見届けました。後で、あれがモラエスだと分かった」

寂聴さんが新町小学校へ入学したのは29年4月。モラエスはその年の7月に亡くなっているので、それは最晩年の姿だったに違いない。そして、目的地は彼が愛したおヨネとコハルの墓だった。

2007年に徳島県で開かれた国民文化祭で上演するために、寂聴さんは人形浄瑠璃の脚本「モラエス恋遍路」を執筆。モラエスとコハルの愛をドラマチックに描いた。やがて、話は戦後の代表的な冤罪事件となった「徳島ラジオ商事件」で殺人の罪に問われた冨士茂子さん（1910〜79年）の話題に。死後に冤罪を晴らすまで二十数年間、支援をし続けた。「思いがけないことで、最後まで付き合いました。茂子さんは頭がよかったですよ。非常に勝ち気でね。信念を貫いた人でした」

寂聴さんが冨士さんの冤罪を確信した出来事があった。仮出所後、渋谷の金物屋で働いていた冨士さんが、寂聴さんのマンションを訪れ、台所の包丁に目をやった。「まあ、先生、こんなぼろ包丁を使っているの？

今度、私がええのを持ってきたげる」と言う。次に来たとき、包丁を3本、新聞紙にくるんで、提げて来た。「裸の包丁を持ってきて『はい』って渡すんですよ。私はそのとき、この人は本当にシロだと思った。包丁で殺したことになっていたんですから。やっていたら、そんなことできませんよ」

NHKの連続ドラマ「なっちゃんの写真館」のモデルとなった立木写真館（徳島市仲之町）の立木香都子さん（1915～86年）も思い出深い一人という。

「当時は、そこが一番はやっていた写真館だった。卒業写真も見合い写真も結婚写真も、すべて立木で撮った時代。私のあらゆる写真を撮ってもらったといっても過言ではない」

42年に撮影した見合い写真も、立木写真館に頼んだ。和服姿の20歳の寂聴さんが艶やかに写っている。「香都子さんは徳島県立徳島高等女学校の先輩でもあり、懇意にしてもらった。美人だったんですよ。ミス徳島、ミセス徳島でした。私が小説家になってからも、ずいぶん写真を撮ってもらいました。実物よりいつも美人に撮ってくれた。とってもすてきなの」

こんな懐かしい思い出を、つい昨日の出来事のように話す寂聴さんの記憶の引き出しは、いったいどんなに多いのだろうと驚かされる。5歳年上の姉・瀬戸内艶さん（1916～84年）について尋ねると「私たちは2人姉妹だったから、本当に仲がよかった。姉が家業の神仏具店を継いでくれたから、私の実家は今でも東大工町にあり、ずっと古里徳島とつながっていられる」と静かに話した。

夫と幼子を残し、出奔した若き日の寂聴さん。小説家になりたいという夢をかなえるために、古里から石もて追われる身になっても、信念を貫き通した。艶さんはそんな寂聴さんを最後まで古里から支え続けた。

寂聴さんの思い出と重なる古里徳島の人々。これからも講演や随筆作品の中で、追憶の日々が明かされるに違いない。

雑談

昔の阿波弁に笑顔

瀬戸内寂聴さんは、51歳で出家した翌年、京都市嵯峨野に「寂庵」を結んだ。以来、そこを法話や執筆活動の拠点にしている。

2011年6月中旬、カメラマンと寂庵を訪れた。分単位で毎日、多忙な日程をこなす寂聴さんからの要望で、この日は撮影のみの約束だった。たくさんの木々に囲まれた趣のある庭園で写真を撮り終えると、「まあ、暑いところ、遠方から大変でしたね。上着を脱いで、冷たい物でも飲みましょう」と、庵の中へ招き入れてくれた。差し出された飲み物はビールだった。「いつも徳島へ帰ったときに、さんざん話を聞いているから、今日は取材はおしまい。いいでしょ」と言いながら、外国産のビールをグラスに注ぐ。いつもより上機嫌で、撮影だけの予定だったにもかかわらず、面白い話題も次々に飛び出した。

「ちくわでもあったらいいんだけど…、徳島の竹ちくわにスダチをかけて食べたら最高ね。もうほかに何もいらない。全国のちくわを食べてきたけど、徳島のが一番。どこもかなわないわね」

以前、ナルト・サンガの青空法話を取材で訪れたとき、お接待で出された冷やしそうめんにも、薄く輪切りにしたちくわとスダチが添えられていた。

「徳島の食べ物では、ほかに何が好きなんですか」と尋ねると、迷わず「かきまぜ」と答えた。「かきまぜ」とは五目ちらしずしのこと。今の若い人は使わなくなった阿波弁かもしれない。

「家々の味があるんでしょうが、お母さんの作ったかきまぜは、本当においしい。私が子どものころに食べたかきまぜは、里芋や豆がたっぷり入っていた」

古里や思い出について語るとき、寂聴さんは本当に楽しそうな表情を見せる。「ヤマモモも好きなの。寂庵にもナルト・サンガにも植えてある。魚もおいしいわね。いつか朝市にも行ってみたい」

徳島の食材の話は尽きず、話題は先ほど「かきまぜ」談議で勢いづいた阿波弁に及んだ。

寂聴さんは「げしなる」という阿波弁が好きだという。「寝る」という意味だ。漢字では「御寝なる」と書く。

「阿波弁は、京の都の言葉がそのまま残っているものがあるんですよ。私の親世代まではそんな言葉を使っていた。『げしなる』は源氏物語にも出てくるほど、古い言葉。何かをしてくださいというときに使う『〜してはいりょ』も好きな響き。それは拝領するということ。昔の言葉が、私の耳には、そのまま残っています」

阿波弁の話題は、寂聴さんが長年、支援した「徳島ラジオ商事件」で殺人の罪に問われた冨士茂子さん（故人）のエピソードにも及んだ。再審になり、仮出所してきた冨士さんは、よく東京在住だった寂聴さんのマンションを訪れた。そのころを懐かしそうに振り返りながら、こんな阿波弁を披露した。

「茂子さんは私の家のやかんを見つけて『先生のとこのやかん、ぶんりょれへんで？』って言うの。『まだぶんりょれへんみたいやけど、今度、新しいのを持ってきてあげる』って」

寂聴さんは今もそのときのことを思い出すと笑いがこみ上げてきて止まらない。冨士さんは仮出所後、金物屋に勤めていたので、包丁に続き、やかんまで寂聴さんにプレゼントしてくれた。

「茂子さんは徳島高等女学校の先輩でもあった。同郷の人と話せる安堵感もあり、なまりが通じることがうれしかったんでしょうね。私と話すときの茂子さんはとても冗舌でしたよ」

２００１年に野間文芸賞を受賞した自伝的小説「場所」にも、古里の人の会話の中に、柔らかな阿波弁が多用されている。温かみのある筆遣いの中で阿波弁が輝きを放つ。

古里の文化　塾開き「種」を蒔く

2011年4月29日、鳴門市大麻町のナルト・サンガで、瀬戸内寂聴さんは、懐かしい面々と再会した。1981年と85年、徳島市内で毎月1回、1年間開いた「寂聴塾」の塾生たちだ。塾生はその後、県立文学書道館学芸員、ガラス工芸作家、大学教授、作家、オペラの呼び屋など、それぞれの道を歩んでいる。

寂聴塾を開こうと思った動機は極めて単純だった。「徳島の文化レベルを向上させたい」。その一念だった。

「出版社の調査で、徳島は日本一、本を読まない県というレッテルを貼られていた。文学全集などを出しても、ほとんど売れないって。そんな恥ずかしいことはないじゃありませんか。本を読むことや想像力を培うことがいかに大切か伝えるために塾をつくる。それで始めたの」

たちまち応募者が殺到。高校生から60代までの62人を選んだ。主婦、ＯＬ、学生、会社員、公務員、喫茶店経営者ら職業もさまざまだった。

「私はまだ58歳で、今よりもっと忙しかったけど、手弁当で毎月、徳島へ帰り、文学、歴史上の人物、源氏物語などの話をした。5カ月目くらいから、手応えが伝わってくるのが分かった。塾生の熱い心が、私の胸に流れ込んできたの」

1年間で培われた寂聴さんと塾生の絆は、本当の肉親のように感じられた。偽らない心で悩みもぶつけ合い、塾全体の問題として考えるようになった。

「面白いのは、1年の間に、塾生に3人の赤ちゃんが生まれたの。それで卒業の時、赤ちゃんにも卒業証書をあげた。『お母さんのおなかの中でよく勉強しました。賢い子です』ってね」

寂聴塾は徳島塾と名前を変えて、新たな塾生を募り、2年間続けた。講師も寂聴さんだけでなく、全国の文化人を招いた。こうした熱意が2003年に徳島県立文学書道館で開いた「青少年のための寂聴文学教室」につながった。

「塾生たちはそれぞれ力を発揮して、徳島の文化レベルはずいぶん上がったと思います。『青少年の―』には、寂聴塾のときの赤ちゃんが受講してくれました。親子2代で私の教え子になった」

そんな理由から、30周年の集いでは、寂聴さんも胸にこみ上げるものがあったという。半年の療養生活を経て復帰したばかりの寂聴さんの体調を気遣う元塾生も多かった。

「寂聴塾や徳島塾を通じて、私はあらためて思ったの。やっぱり、古里徳島を愛しているって」。笑顔を絶やさず話す寂聴さんの表情に時折、感慨が交じる。

04年4月には、文学書道館館長に就任した。書籍3万冊や生原稿のほとんどを寄贈している。以来、これまでの著作や僧侶としての活動をテーマにした特別展を開き、寂聴さん自身が展示について語る解説は毎回、人気を集める。

また、寂聴さんと交流のあった文化人が年3回程度同館で講演する「寂聴招待講座」も、募集のたびに問い合わせが殺到するほど。これまでに、平野啓一郎さん、津村節子さん、沢木耕太郎さん、横尾忠則さん、嵐山光三郎さん、太田治子さんらを招いた。この講座も、寂聴塾や徳島塾の延長線上にあると言っていいだろう。

寂聴塾のスタートは、寂聴さんが25歳で出奔した後、再び徳島へ戻ることができるようになって間もないころだった。あれから30年、寂聴さんは今もたびたび徳島へ戻り、郷土に文化の種を蒔き続けている。

箱廻しが文学の根

瀬戸内寂聴さんは、作家としての地位を確立してからも、常に新しい分野に挑戦し続けてきた。新作能、歌舞伎、浄瑠璃、狂言…、それは80代になってからも同じだった。

「普通の作家なら、晩節を汚したくないと思うでしょう。失敗すると、みっともないから。私にもそんな不安はあったけど、つい好奇心や冒険心が顔を出し、引き受けてしまうのよ」

オペラ「愛怨」の台本の執筆を依頼されたのは80歳のとき。作曲は同じ徳島市出身の三木稔さんだ。

「いくら向こう見ずの私も、さすがにすぐには応じられなかった。でも、がんと闘いながら、命をかけて日本史オペラを制作し続ける三木さんの熱意に負けました。今では、執筆させてもらって本当によかったと感謝している」

オペラは2006年、東京の新国立劇場で初演。10年のドイツ公演では、8回上演のロングランで連日満員になる大成功を収めた。会場へ赴き、最終公演を三木さんと一緒に鑑賞。カーテンコールでは、スタンディングオベーションで迎えられた。

07年に徳島県内で開かれた国民文化祭では、人形浄瑠璃の台本「義経街道娘恋鏡」と「モラエス恋遍路」を書き上げた。徳島ゆかりの歴史上人物や文人を主人公に、得意の恋を絡めてドラマチックな物語に仕上げる展開はさすがだ。

浄瑠璃に関する素養は、少女時代に既に出来上がっていたのかもしれない。

「幼いころ、箱廻しが町を回ってくるのが、とても楽しみだった。ちょうど、一昔前の子どもが、紙芝居を待っていた気持ちと同じね。1銭であめをくれるの。すると、男の人が口三味線で浄瑠璃を歌いながら、人形を廻す」

寂聴さんの記憶がまた、80年以上前の懐かしい徳島市の街角を映し出す。

「子どもだから、意味は分からないんだけど、情緒があって、とてもよかった。男女の恋は、楽しいことばかりでもないみたい。世の中には悲しいこともある。人生や恋や、人の世の哀切を知ったのは、このときね。それが私の文学の根になっていると思う」

随筆紀行「寂聴巡礼」や一遍を主人公にした「花に問え」など四国遍路を題材にした著作も多い。

最近、四国遍路や遍路道を世界遺産に登録しようという機運が盛り上がっていると告げると、知らなかったようで「えっ、本当？　それなら、もっとちゃんとしなきゃ。私は遍路道の旧道を生かさなければ、進展しないと思います」と、厳しいまなざしできっぱり言い切った。

「自動車やバスが通っている道ではなくて、古い歩ける旧道を整備してほしい。阿波一国だけでもそれをしてくださいって、声を大にして言いたいですね」

学校でも、お遍路さんが歩いた道がどんな道かを教えることが大切だという。核家族化が進み、家庭でそれができなくなった昨今ではなおさらだ。

「夏休みには、阿波一国だけでもいいから、子どもに歩き遍路を体験させてほしいですね。体験すると、四国遍路の素晴らしさに気付くはずですから。徳島の人が札所巡りをしないで、他県からばかりお遍路さんが来るのって、おかしいものね。自分の足で遍路道を歩けば、ごみを捨てる人もいなくなるんじゃないかしら」

伝統文化の継承に関して、現実的で分かりやすい提言を繰り返す寂聴さん。長い人生経験と僧侶としての修行に培われたその言葉の一つひとつが、徳島の財産かもしれない。

元気取り戻す場に
ナルト・サンガ

「蔵が気に入って買ったの」。瀬戸内寂聴さんは、京都の寂庵分院として2009年11月に、鳴門市大麻町に開いた「ナルト・サンガ」について語り始めた。サンガとは、仏教の修行の場を意味する。

寂聴さんの実家として有名な徳島市東大工町の瀬戸内神仏具店。市内の借家を転居し、そこへ引っ越してきたのは、新町尋常小学校へ入学する1929年のことだ。

「元質屋さんの家で、蔵があった。父がそこを買ったの。私は蔵のある実家に愛着があったので、東京に住んでいたときも、蔵のある家を借りてしまったほど」

ナルト・サンガは木造2階建ての民家と白壁の蔵を改装した趣のある日本家屋だ。梨畑に囲まれた敷地は約5千平方メートルの広さを持つ。寂聴さんは、小鳥のさえずりが聞こえるのどかな田園地帯を、青空法話をするための新たな拠点と決めた。「2階からは、眉山が正面に見えるのよ。あの辺りが東大工町の実家かな、なんて思いながら眺めていると、心が安らぎますね。それに、ここで寝ると、よく眠れるの」

80代後半になり、自然豊かな古里のこの土地で、本当はもっとのんびりするつもりだったらしい。しかし、小説執筆や全国での講演は多忙を極めるばかり。雑誌やテレビの取材は、ナルト・サンガまで押し寄せてくる。

青空法話は、真夏や冬場を除く第4日曜日に開催し、これまでに10回開いた。毎回約500人のファンが法話を聞きに訪れる。寂聴さんの青空法話の歴史は古い。1987年から2005年まで住職を務めた岩手県の天台寺では、多い日には約1万5千人が訪れるほどの盛況ぶりだった。

京都・寂庵でも毎月法話の会を開いているが、お堂の中でするため、200人限定で、聞きに来ることができない人も多い。寂聴さんは、ナルト・サンガをその受け皿にしたいとも考えていた。「関西や東京方面からも、かなり多く、ナルト・サンガへ来てくれるようです。徳島の人は、私に慣れているので、今のところ、これくらいの人数ですが、せっかくの機会なので、本当はもっと聞きに来てほしいですね」と期待を寄せる。

京都から徳島への車での移動は、約3時間もかかる。高齢のため、それが毎月のこととなると、身体的負担も大きい。それでも寂聴さんは苦にしない。

「法話を楽しみにしてくれる人がいる限り、私はナルト・サンガで青空法話を続ける。人生に悩みを持っている人が、少しでも元気を取り戻してくれたらうれしい。だから、質問時間も、できるだけ長く設けてある」

２０１０年10月末、背骨を圧迫骨折し、11年4月中旬まで療養生活を強いられた寂聴さん。まだ本調子でないにもかかわらず、４月24日には約半年ぶりにナルト・サンガでの青空法話を再開し、健在ぶりをアピールした。６月26日の青空法話は、大雨の中での開催となった。それでも約１７０人が県内外から訪れた。雨天決行。よほどのことがない限り、寂聴さんは法話を中止しない。中庭にテントとパイプいすを設置し、座りきれない人は、建物に招き入れ、縁側で話をする寂聴さんの後ろから法話を聞けるようにした。

そのときの寂聴さんの思いやりのある言葉が、胸に響いた。「大雨の中、せっかく来てくれたのだから、今日は雨が小降りになるまで続けましょう」

89歳。しかも病み上がりの体を押しての法話だ。この計り知れない活力と他人への思いやりの心が、絶大な人気の理由だろう。「青空法話を徳島の活性化にも役立ててくださいよ。観光バスツアーを組むとか、四国遍路の番外として立ち寄ってもらうとか、いろいろ方法はあると思います。私はいつでも協力するつもり」

元気と慈しみに満ちた寂聴さんの軽快な法話を、まだ聞いたことがない県民がいたとしたら、もったいない話だ。

古里に望む　自然や文化　誇ろう

２０１２年５月の誕生日には満90歳になる瀬戸内寂聴さん。10年秋に体験した背骨の圧迫骨折も克服し、執筆や講演の活動にますます多忙な日々が続く。

75歳から85歳までの体験を振り返った随筆集「老春も愉し」（集英社）の題名からも分かるように、寂聴さんの活力に満ちた生き方を見ていると、高齢化社会もそれほど捨てたものではないように思えてくる。

そんな質問を向けると「夕べも徹夜をして小説を書いたから、実を言うと、ふらふらなの。でも、私が一番うれしいのは、やっぱり小説を書いたときね。思いがけず、半年間も寝たきりの生活を続けたので、久しぶりに書くと、余計に達成感がある」と力を込めた。寂聴さんの超人的な活躍は、同じ世代の高齢者を大いに勇気づけることだろう。しかし、その一方で、未来は子どものためにこそ在らねばならぬと力説する。

３月11日、千年に一度と言われる甚大な被害を出した東日本大震災。容赦ない自然の猛威と、原発事故による人災の恐怖は、日本人だけでなく世界中の人々を震撼させた。当時、病床にあった寂聴さんも、何かに駆り立てられるように、思わずベッドから跳ね起きていたという。これからの余生を、被災者支援にかけてもいいとまで思っている。「私たちがなぜ慌てているかっていうと、あの傷だらけの東北を子どもたちに残すと、かわいそうだと思うから。やっぱり、子どもには、きれいな東北を残してやりたいじゃないですか」

寂聴さんは１９７３年、51歳のときに岩手県平泉の中尊寺で出家得度し、87年から２００５年までは同県の天台寺住職を務めた。いわば東北は、徳島に次ぐ第2の古里だ。だからこそ支援にも一層熱が込もる。

「徳島も、子どもたちが自分の生まれた古里を誇りに思えるような、そんなムードを高めてほしい。全国のどこよりも美しく澄んだ青空や、眉山、吉野川という素晴らしい自然があると、自慢に思ってほしいの」

寂聴さんの古里への熱い思いが伝わってくる。

眉のごと雲居に見ゆる阿波の山かけて漕ぐ舟泊まり知らずも

突然、懐かしい万葉集に収められた船王の和歌を口にした寂聴さん。「眉山なんか、万葉集の時代からあるのよって自慢すればいい。阿波踊りも今は、東京の高円寺など、いろんなところで盛んだけど、徳島が元祖だと、大いに誇ってほしい」

それには教育の力が欠かせないという。古里の自然や文化の学習に、もっと学校でも力を注いでほしいと訴える。「例えば、人形浄瑠璃。せっかく十郎兵衛屋敷があるのだから、小中高を問わず、遠足などでもっと見学に行けばいいと思う。また、人形座の人を小学校へ招くなどして、人形遣いを体験させてあげるのもいい。子どもは人形を遣わせてあげたら、すぐ興味を持つと思いますよ。郷土文化を身近な存在に感じさせることが重要」

最後に寂聴さんの400を超える著作の中で、中高生向けのお薦め本を聞くと、即座に「美は乱調にあり」と答えた。大正時代の社会運動家・伊藤野枝を主人公にした伝記小説だ。2010年、発表から45年ぶりに復刻され、文庫化もされているため手に入りやすい。「特に若い人に読んでもらいたい。青春は、恋と革命ですからね。情熱をむき出しにして生き、時代を駆け抜けた野枝の生涯は、若者の共感を呼ぶと思う」

何を尋ねても、いつもの軽妙な語り口で快く答えてくれる寂聴さん。「私のことを、どこへでも顔を出す、と悪く言う人もいますけど、私は求められるから、どこへでも行くんです」

これからも寂聴さんは、大好きな古里のために、何度となく帰県してくれるだろう。そして、心に染みる思い出話や、真摯な人生訓を聞かせてくれるに違いない。

女の自由を求めた闘い　「青鞜」の時代　振り返って

瀬戸内寂聴さんが、日本初の女性だけの文芸誌「青鞜」にまつわる鮮烈な印象などをつづった随筆「この道」。徳島新聞では寂聴さんによる久々の長期連載となり、その回数は134回に及んだ。連載を終えた寂聴さんにインタビューした。

―「この道」で伝えたかったことは？

今は女性がとても自由な時代になった。でもその自由は、100年前に「青鞜」の女性が世間と闘って、女の自由を打ち立てようとしてくれたから。そのおかげで今があるということを、思い出してほしいと思ったの。（女性の）参政権なんか、戦争に負けてアメリカがくれたもので、棚からぼた餅のように思っている人も多いけど、そうじゃない。参政権を得ようとして、どれだけ青鞜の時代の女性が頑張ったか。

100年前の女たちが考えていた自由って、（今より）もうちょっと中身が熱かった気がするの。自由は、何でもかんでも好きなことを言うことじゃない。それを今の人に振り返ってもらいたかった。

―「この道」には、「青鞜」で活躍した女性たちがたくさん登場した。寂聴さんがその時代に生きていたら？

必ず「青鞜」に入っていた。もっと極端に言えば、私があの時代に生きていたら、伊藤野枝になっていたし、管野須賀子になっていた。殺されていたわね、きっと。

私自身がこれを書いたのは、2011年が、大逆事件の処刑から100年、「青鞜」発刊100年だったから。と言っても、あまりマスコミで取り上げられることもなかったの。世間が決めた道徳とか、国家が決めた法律とか、そんなものは変わる。それに立ち向かった女たちの姿を描きたかった。

―野枝と大杉栄のエピソードに集中した後半は、まさに手に汗握る展開だった。

毎回、原稿用紙2枚分。短いので面白く書けるかなと思ったけど、まあ成功ね。

―神近市子と大杉の刃傷沙汰を描いた日蔭茶屋事件は、読者もドキドキしながら読んだと聞く。

野枝の伝記小説「美は乱調にあり」は、その場面で終わっているの。続きが「諧調は偽りなり」。「この道」を読んで面白いと思ってくれた読者が、この2作も読んでくれたらうれしい。

―「美は乱調にあり」を書いたとき、寂聴さんはまだ40代で、今よりもっとエネルギッシュだった。

連載をいっぱい抱えていたのに、よくこれだけ書けたと思うわ。「この道」の連載を始める前に、書庫で「美は―」を読むと、面白くて止まらなくなっちゃった。自分が書いた小説なのに…（笑）。

―取材中の出来事も、回想として描かれていた。

私が「青鞜」の話を書こうと思い立ったときは、活躍した女性たちの多くがこの世の人ではなかった。でも不思議なことに、遺族や身近な人とは、会って話をすることができた。どんどん出会いが膨らんでいったの。辻潤の女たちには、全員に会えた。岡本かの子の話を聞きたかったときは、上板町出身の作家で徳島県立徳島高等女学校の先輩だった生田花世さんにも会えた。大逆事件で唯一、女性なのに処刑された管野須賀子のことを調べていたときは、夫の荒畑寒村とも親しくなれた。

―寂聴さんが寒村から、寒村愛用の万年筆や、須賀子が獄中の寒村に差し入れたドストエフスキーの「罪と罰」の英語訳をもらったなんてすごい。

6月まで徳島県立文学書道館で開いていた私の90歳記念展「恋と革命に生きた女たち」で展示できたので、見てくれた人も多かったと思う。

野枝の情熱に興奮再び　死ぬまで文学書き続けたい

―「この道」には、岡本かの子、平塚らいてう、伊藤野枝ら「青鞜」で活躍した女性がたくさん登場した。いずれも寂聴さんの伝記小説で主人公になった女性たちだ。

伝記小説は普通の小説と比べて、書き上げたとき、まったくの解放感があるわけじゃないの。調べて書くから。でも今回、自分の作品を読み返してみて、本当に正確に調べていると分かった。だから、それらをあらためて紹介した「この道」は面白かったと思う。

私は源氏物語の現代語訳もしたけど、それは私の訳を読んで、源氏の面白さを知ってもらいたかったから。原文に触れるきっかけにしてもらいたかった。

だから、「この道」を読んで「青鞜」の時代に興味を持った読者がいたら、文芸誌「青鞜」も読んでもらいたい。徳島県立文学書道館には「青鞜」復刻版が全部そろっているのよ。荒畑寒村や大杉栄の自伝もある。たくさんあるから読んでほしい。

―文学書道館の3階収蔵展示室には、寂聴さんが寄贈した蔵書が約3万冊並んでいる。

私が館長を務める文学書道館では、これまでに集めた蔵書も、私が書いた本も全てある。貸し出しはできないけれど全て閲覧できるので、もっと利用してもらいたい。

――その中でも、最も読んでもらいたいのは伊藤野枝を主人公にした「美は乱調にあり」？

「青鞜」の恩恵を一番受けたのは野枝だった。最も若かったのも。「青鞜」の死に水を取ったのも野枝。最後には大杉と一緒に虐殺されてしまった。私はそんな野枝の、情熱的で劇的な生涯に興奮を呼び覚まされた。そういう意味で野枝は絶対にはずせない。

――「この道」のクライマックスの小題は「烈しい生」「美しい死」だった。

「この道」をまとめ、先月末に発行された単行本の題名は「烈しい生と美しい死を」にした。人生と言えば、ちょっと言い過ぎかもしれないけど、若さや青春って、恋と革命だと思うの。そんな生き方に引かれる。

――寂聴さんの人生そのものも革命？

私が51歳の時、出家したのは革命。夫や子どもを残して、家庭を飛び出したのも革命。恋と革命が青春なの。90歳になって、それはできないけど（笑）。

――徳島新聞では久しぶりの長期連載になった。

故郷での連載は、ちょっと気恥ずかしかったわね。でも、徳島の人に一番読んでもらいたかった。どこで読まれるよりもうれしかった。懐かしい写真も多用したので、喜んでくれた読者も多かったみたい。私のことを尼さんだと思い、小説家だと知らない人もいるの。だから読んでもらって本当によかったわ。

――2012年5月に満90歳になった。これからの寂聴さんは？

私は文章を書くことで疲れたっていうことは、まずないの。だから、死ぬまで小説や文学を書き続けたい。それ以外のイベントへの参加がいつも忙しいわね。でも、ナルト・サンガでの青空法話では元気にしゃべれる。まだまだ体力的には大丈夫だって思うの。

瀬戸内寂聴　年表（敬称略）

▼1922（大正11）年　0歳
5月15日　父三谷豊吉、母コハルの次女晴美として徳島市塀裏町（徳島市幸町）に生まれる。
5歳上に姉艶がいた。家業は神仏具商。

▼1927（昭和2）年　5歳
内町幼稚園に通い始め、入園。

▼1929（昭和4）年　7歳
徳島市東大工町に転居。
4月　新町尋常小学校（新町小学校）に入学。
5月　父が親類の瀬戸内いとと養子縁組し、瀬戸内家を継ぐ。

▼1935（昭和10）年　13歳
3月　新町尋常小学校卒業。
4月　徳島県立徳島高等女学校（城東高校）に入学。

▼1940（昭和15）年　18歳
3月　徳島高等女学校を卒業。
4月　東京女子大学国語専攻部に入学。上京し、キャンパス内に入寮。

▼1942（昭和17）年　20歳
8月　学者と見合いし、婚約。

▼1943（昭和18）年　21歳
2月　徳島で結婚。夫は中国・北京に単身赴任。
9月　東京女子大を戦時繰り上げ卒業。
10月　北京へ渡る。

▼1944（昭和19）年　22歳
8月　長女誕生。

▼1945（昭和20）年　23歳
7月　母と祖父が徳島大空襲で焼死。
8月　北京で終戦を迎える。

▼1946（昭和21）年　24歳
8月　親子3人で徳島に引き揚げる。

▼1947（昭和22）年　25歳
夫の教え子と恋愛。
秋　一家3人で上京。

▼1948（昭和23）年　26歳
2月　出奔し、京都へ。

大江巳之助さんと

▼1949（昭和24）年　27歳
同人誌「メルキュール」に参加。福田恆存に短編「ピグマリオンの恋」を送る。

▼1950（昭和25）年　28歳
2月　正式に離婚。三島由紀夫と文通を始める。
4月　父死去。
12月　三谷晴美の名で「青い花」を「少女世界」に投稿。掲載され、初めて原稿料を得る。

▼1951（昭和26）年　29歳
1月　「ひまわり」に懸賞小説「お母様への贈り物」を三谷佐知子のペンネームで投稿し入選。

上京。三鷹市下連雀に下宿。このころ少女小説や童話を「少女世界」「ひまわり」などに書く。

作家の丹羽文雄を訪ね、同人誌「文学者」に加わる。小田仁二郎を知る。

▼1954（昭和29）年　32歳
5月ごろ　杉並区西荻窪に転居。

▼1955（昭和30）年　33歳
5月　純文学処女作「痛い靴」を「文学者」に発表。

▼1956（昭和31）年　34歳
小田が主宰する同人誌「Z」に参加。
12月　「女子大生・曲愛玲（チュイ・アイリン）」が「新潮」に掲載され、翌年1月に第3回新潮社同人雑誌賞を受賞。

▼1957（昭和32）年　35歳
4月　初の単行本「白い手袋の記憶」を朋文社から刊行。中野区大和町に転居。
10月　「花芯」を「新潮」に発表、文芸評論家・平野謙からポルノグラフィーとの酷評を受ける。以後5年間、文芸雑誌に掲載されなくなる。

▼1958（昭和33）年　36歳
同人誌「Z」解散。
5月　小田らと同人誌「無名誌」を始める。
10月　女性ばかりの同人誌「α」を主宰。

▼1959（昭和34）年　37歳
4月　「α」解散。
7月　初の新聞連載「女の海」を東京タイムズに執筆。

▼1960（昭和35）年　38歳
1月　「田村俊子」を「文学者」に連載。
2月　徳島ラジオ商事件の冤罪ルポ「恐怖の判決」を「婦人公論」に発表。

▼1961（昭和36）年　39歳
4月　「田村俊子」を文芸春秋新社より刊行、第1回田村俊子賞を受賞。
6月　日ソ婦人懇話会訪ソ使節団に参加、1カ月のソ連旅行。
12月　練馬区高松町に転居。

▼1962（昭和37）年　40歳
7月　「かの子撩乱」を「婦人画報」に連載。
10月　「夏の終り」を「新潮」に発表。「女徳」を「週刊新潮」に連載。
11月　上板町出身の詩人生田花世に会う。

▼1963（昭和38年）年　41歳
4月　「夏の終り」で第2回女流文学賞受賞。
12月　文京区関口台町の目白台アパートに転居。
（ここには谷崎潤一郎や源氏物語現代語訳を執筆中の円地文子も住んでいた）

▼1964（昭和39）年　42歳
6月　ヨーロッパを1カ月旅行。
12月　中野区本町通りの通称・蔵の家に転居。

▼1965（昭和40）年　43歳
4月　「美は乱調にあり」を「文芸春秋」に連載。

▼1966（昭和41）年　44歳
12月　京都市中京区西ノ京原町に転居。以後、仕事場とした東京・目白台アパートと京都を往復する生活。

▼1967（昭和42）年　45歳
1月　「いずこより」を「主婦の友」に連載。
5月　「瀬戸内晴美傑作シリーズ」（全5巻）を講談社より刊行。

▼1969（昭和44）年　47歳
9月　「蘭を焼く」を講談社より刊行。

▼1970（昭和45）年　48歳
8月　19日から9月6日までヨーロッパ旅行。
仕事場を文京区本郷に移す。

▼1971（昭和46）年　49歳
6月　金子文子取材のため韓国へ旅行。
8月　「京まんだら」を日本経済新聞に連載。

▼1972（昭和47）年　50歳
3月　「瀬戸内晴美作品集」（全8巻）を筑摩書房より刊行。
4月　「新潮日本文学58・瀬戸内晴美集」を新潮社より刊行。

▼1973（昭和48）年　51歳
2月　日中文化交流協会の訪中団メンバーとして中国を旅行。
10月　「瀬戸内晴美長編選集」（全13巻）を講談社より刊行。
11月　14日、岩手県の中尊寺で得度、師僧は今東光。法名、寂聴。

▼1974（昭和49）年　52歳

1月　東京・本郷の仕事場、京都・西ノ京の自宅をたたみ、京都・上高野に移る。
4月　25日から60日間、比叡山横川行院にて四度加行を受ける。
10月　「幻花」を「新聞三社連合」に連載。
12月　25日、京都市右京区嵯峨鳥居本仏餉田町に寂庵を結ぶ。

▼1975（昭和50）年　53歳

持仏堂で読経中、くも膜下出血の発作に見舞われる。
1月　「瀬戸内晴美随筆選集」（全6巻）を河出書房新社より刊行。

▼1976（昭和51）年　54歳

9月　「まどう」を毎日新聞に連載。

▼1977（昭和52）年　55歳

12月　年末から78年1月にかけインド旅行。

▼1978（昭和53）年　56歳

10月　「こころ」を読売新聞に連載。

▼1979（昭和54）年　57歳

1月　インド旅行。
5月　小田仁二郎、死去。
6月　中国旅行。
8月　スペイン・ポルトガルへ旅行。

9月　新潮社より純文学書き下ろし特別作品「比叡」を刊行。
全集「樋口一葉　第4巻」（小学館）に評伝「炎凍る　樋口一葉の恋」を発表。

▼1980（昭和55）年　58歳

1月　スリランカ旅行。
7月　人物近代女性史「女の一生」（全8巻）を解説・責任編集、講談社より刊行。
8月　中国（敦煌・チベット）旅行。

▼1981（昭和56）年　59歳

1月　徳島市で「寂聴塾」を開く（12月まで）。
4月　「愛の時代」を学芸通信社より新聞連載。
6月　第17回徳島新聞賞文化賞を受賞。
11月　「続瀬戸内晴美長編選集」（全5巻）を講談社より刊行。

▼1982（昭和57）年　60歳

1月　「青鞜」を「婦人公論」に連載。
4月　徳島新聞社主催の「徳島塾」（第1期）を開く。

▼1983（昭和58）年　61歳

4月　徳島市で「徳島塾」（第2期）を開く。
11月　京都市文化功労賞を受賞。

▼1984（昭和59）年　62歳
2月　姉艶死去。
11月　京都府文化功労賞を受賞。
12月　「女人源氏物語」を「本の窓」に連載。

▼1985（昭和60）年　63歳
徳島市で「寂聴塾」（第2期）を開く。
5月　曼陀羅山・寂庵の庵主となり、サガノ・サンガ落慶。法話、写経、座禅、文学塾などの開催を始める。

▼1986（昭和61）年　64歳
1月　連合赤軍事件の裁判で、永田洋子被告の証人として東京高裁の証言台に立つ。
11月　獄中の永田洋子との往復書簡集「愛と命の淵に」を福武書店より刊行。

▼1987（昭和62）年　65歳
1月　「わたしの源氏物語」を読売新聞に連載。
5月　岩手県浄法寺町（二戸市）の天台寺の第73世住職に。

▼1988（昭和63）年　66歳
4月　福井県敦賀市の敦賀女子短期大学学長に就任。

▼1989（平成元）年　67歳
6月　「瀬戸内寂聴伝記小説集成」（全5巻）を文芸春秋社より刊行。
7月　エッセー集「わたしの源氏物語」を小学館より刊行。

▼1990（平成2）年　68歳
1月　「手毬」を「新潮」に連載。

▼1991（平成3）年　69歳
2月　湾岸戦争の犠牲者冥福と即時停戦を祈願し、断食行。
4月　湾岸戦争犠牲者救済カンパと支援物資を携えて、バグダッドを訪問。

▼1992（平成4）年　70歳
10月　「花に問え」で第28回谷崎潤一郎賞を受賞。
12月　「源氏物語」現代語訳に取り掛かる。

▼1994（平成6）年　72歳
3月　第11回京都府文化特別功労賞を受賞。
11月　徳島県文化賞を受賞。

▼1995（平成7）年　73歳
1月　阪神大震災直後に被災地を訪問。救援義援バザーを開き、義援金を被災地に届ける。

▼1996（平成8）年　74歳
3月　「白道」で第46回芸術選奨文部大臣賞を受賞。
12月　「瀬戸内寂聴現代語訳　源氏物語」を講談社より刊行開始。

▼1997（平成9）年　75歳
11月　文化功労者に選ばれる。

▼1998（平成10）年　76歳

4月　「瀬戸内寂聴現代語訳　源氏物語」全10巻が完結。「瀬戸内寂聴源氏物語現代語訳完訳記念展覧会」を東京・日本橋高島屋で開催（99年10月まで17会場）。

5月　自伝「花ひらく足あと」を徳島新聞に連載（2000年12月まで）。

10月　「瀬戸内寂聴と『源氏物語』展」を徳島そごう（当時）で開催。

ハワイ大学で源氏物語の講義。

▼1999（平成11）年　77歳

5月　ロサンゼルスで源氏物語の講演。

6月　ロンドン、パリで源氏物語の講演。

11月　シカゴ・カルチャー・フェスティバルで源氏物語の講演、コロンビア大学で源氏物語を講演。

▼2000（平成12）年　78歳

3月　新作能「夢浮橋」を国立能楽堂で上演。

5月　岩手県県勢功労者になる。現代語訳を下敷きにした新作歌舞伎「源氏物語」が歌舞伎座で上演。

10月　徳島市名誉市民になる。

11月　毎月、寂庵で開いていた法話を人が集まりすぎたためにやめる。

▼2001（平成13）年　79歳

1月　「瀬戸内寂聴全集」（全20巻）を新潮社より刊行開始。

5月　台本を書き下ろした新作歌舞伎「源氏物語　須磨・明石・京」が歌舞伎座で上演。

12月　「場所」で第54回野間文芸賞を受賞。現代語訳を下敷きにした蝋燭能「夢浮橋」を国立能楽堂で上演。

▼2002（平成14）年　80歳

1月　新作歌舞伎「須磨・明石・京」で第30回大谷竹次郎賞を受賞。

8月　作家・平野啓一郎と中国訪問。イタリアのローマ、ミラノで講演。

9月　「瀬戸内寂聴全集」（全20巻）が完結。

10月　徳島県立文学書道館が開館。開館記念「瀬戸内寂聴展」。

▼2003（平成15）年　81歳

4月　徳島県立文学書道館で「青少年のための寂聴文学教室」を開講。

9月　徳島県立文学書道館で「寂聴の旅展」。

▼2004（平成16）年　82歳

4月　徳島県立文学書道館館長に就任。

8月　徳島県立文学書道館で「寂聴新聞小説展」。

▼2005（平成17）年　83歳

5月　天台寺住職を退任。

8月　徳島県立文学書道館で「寂聴なつかしき人展」。

10月　書き下ろし狂言「居眠り大黒」を上演。

▼2006（平成18）年　84歳

1月　イタリア国際ノニーノ賞受賞。
2月　台本を書き下ろし、徳島市出身の作曲家・三木稔が作曲したオペラ「愛怨」を新国立劇場で上演。
8月　徳島県立文学書道館で「寂聴愛の戯曲展」。
11月　徳島県人で初の文化勲章受章。

▼2007（平成19）年　85歳

1月　徳島県民栄誉賞。
3月　比叡山禅光坊住職に就任。
10月　第22回国民文化祭・とくしま2007の開会式・オープニングフェスティバルに出席。新作阿波人形浄瑠璃の台本「義経街道娘恋鏡」「モラエス恋遍路」を書き下ろす。

▼2008（平成20）年　86歳

11月　第3回坂口安吾賞。

▼2009（平成21）年　87歳

4月　徳島市で「寂聴桟橋」のオープニングセレモニーに出席。文化勲章受章記念碑「ＩＣＣＨＯＲＡ」を除幕。徳島県立文学書道館で「寂聴の『場所』展」。
11月　鳴門市大麻町に「ナルト・サンガ」開庵。

▼2010（平成22）年　88歳

3月　ナルト・サンガでの青空法話を定期開催。
4月　徳島県立文学書道館で「寂聴巡礼展」。

6月　ドイツで三木稔とオペラ「愛怨」を鑑賞。
10月　ナルト・サンガで青空法話をした数日後、東京で背骨を圧迫骨折。
11月から全ての講演や連載を中止し長期療養に。

▼2011（平成23）年　89歳
4月　京都・嵯峨野の寂庵で東日本大震災チャリティーバザーを開く。
「ナルト・サンガ」で半年ぶりに青空法話再開。「寂聴塾」30周年の集いで、門下生らに久々に講義をする。
徳島県立文学書道館で「瀬戸内寂聴・藤原新也『終の栖』展」。
5月　徳島市で講演「大震災をともに生きる」。
6月　東日本大震災被災地訪問。
11月　「風景」で第39回泉鏡花文学賞受賞。
徳島県立文学書道館の「青鞜」発刊100年記念イベントで講演「『青鞜』の女たち」。

▼2012（平成24）年　90歳
1月　徳島新聞に随筆連載「この道」を掲載（7月まで）。
4月　徳島県立文学書道館で寂聴90歳記念展「恋と革命に生きた女たち」。
10月　徳島県で行われた2度目の国民文化祭に出演。

▼2013（平成25）年　91歳
2月　鳴門市の男女参画社会づくりシンポジウムで講演「女性運動の先駆者たち」。
4月　徳島県立文学書道館で「寂聴　美は乱調にあり展」。
5月　徳島県立文学書道館で徳島市出身の漫画家柴門ふみと対談。
7月　徳島市で東日本大震災復興シンポジウム「明日へ　紡ぎ繋ぐメッセージ」に出席。

▼2014（平成26）年　92歳
4月　徳島県立文学書道館の館長を退き、名誉館長に就任。同館で「寂聴　奇縁まんだら展」。
5月　2度目の圧迫骨折で療養。
8月　ナルト・サンガ閉庵。
9月　第1回モラエス賞を受賞。

▼2015（平成27）年　93歳
4月　徳島県立文学書道館で「寂聴　愛のことば展」。
6月　国会議事堂前で安全保障関連法案に抗議するスピーチ。
9月　徳島市で山田洋次監督と対談。

▼2016（平成28）年　94歳
4月　徳島県立文学書道館で「寂聴対談展」。

▼2017（平成29）年　95歳
3月　心臓を手術。
4月　徳島県立文学書道館で開館15周年記念展「寂聴と徳島」。

▼2018（平成30）年　96歳
3月　句集「ひとり」で第6回星野立子賞受賞。
4月　徳島県立文学書道館で「寂聴『手毬』展」。
9月　「寂庵だより」発行中止。

山田洋次監督と

▼2019（令和元）年　97歳

4月　徳島県立文学書道館で「寂聴の少女小説展」。
12月　早稲田大学で「寂聴サミット」。

▼2020（令和2）年　98歳

1月　句集「ひとり」で第11回桂信子賞受賞。
寂庵で最後の法話。
4月　徳島県立文学書道館で「いのち―90代の寂聴文学展」。

▼2021（令和3）年　99歳

4月　徳島県立文学書道館で「寂聴の愛する古典の女たち展」「寂庵の庭とゆかりの人々展」併催。
10月　肺炎で入院。
11月　9日、京都市内の病院で心不全のため死去。99歳。
12月　寂庵で「しのぶ会」開催。

▼2022（令和4）年　生誕100年

4月　徳島県立文学書道館で「追悼　瀬戸内寂聴展」。
5月　生誕100年の15日、徳島市の17番札所井戸寺に納骨。「瀬戸内寂聴全集」（第2期）全5巻が完結。
ドキュメンタリー映画「瀬戸内寂聴　99年生きて思うこと」公開。
7月　東京・帝国ホテルでお別れの会。
9月　岩手県天台寺にも納骨。短編小説集「あこがれ」を新潮社より刊行。
11月　新町川水際公園に生誕100年記念の肖像プレート（肖像画は横尾忠則作）が落成。
一周忌。瀬戸内寂聴記念会が顕彰雑誌「寂聴」創刊。

寂聴さん　折々の言葉

「自分の文学をもっと深めるために、
ひそかに考えていたことが実現して
大変うれしく思います。
ですから涙は一滴もこぼれませんでした」
（1973年11月14日、岩手県中尊寺で出家得度して）

「現在の私があるのは徳島のおかげ。
感謝の気持ちを込めて
徳島の将来のために何かを残したい」
（1980年11月、「寂聴塾」開講に当たって）

寂聴さん　折々の言葉

「無罪になって茂子さんは
きっと喜んでいることでしょう。
でも、なぜもっと早く生きているうちに
判決が出せなかったの」
（1985年7月9日、徳島ラジオ商事件再審で故富士茂子さんに無罪判決が出て）

「寺の繁栄は、参拝者によって支えられる。
法話、文学塾などで
人々の心を和らげる憩いの場にしたい」
（1987年5月5日、岩手県天台寺の住職になって）

寂聴さん　折々の言葉

「戦争反対の手紙を政府に出したところで見てもらえない。断食で身を削ることによって、戦争に抗議し、早期終結を願う気持ちをより強い力にしたかった」

（1991年4月、湾岸戦争即時停戦を求め2月に行った断食について）

「地元徳島から賞をもらったのは初めてで大変うれしい。今後も徳島の芸術文化向上に寄与したい」

（1994年10月、第20回徳島県文化賞を受賞して）

寂聴さん　折々の言葉

「世の中は無常で何が起こるか分からない。
でも最悪の状態はいつまでも続かず、
必ずよくなる。絶望しないで頑張ってほしい」
（1995年2月、阪神大震災被災者支援について）

「日本の文化遺産を一つ挙げろと言えば『源氏物語』しかない。千年前に日本で一人の若い寡婦が書いた小説だが、夫婦、親子の関係、恋愛、不倫から三角関係まで、今と同じ問題が全部書かれている」
（1998年、現代語訳「源氏物語」全10巻を完結させて）

寂聴さん　折々の言葉

「自分の全集を枕に死ねたら、
作家としてこんな幸せはない」
（2001年「瀬戸内寂聴全集」全20巻の刊行開始について）

「徳島の若い人たちが
郷土や自分自身に誇りを持ち、
才能を開花させるための
文学書道館に育ってほしい」
（2002年10月、徳島県立文学書道館開館記念講演会で）

寂聴さん　折々の言葉

「お飾りの館長にはなりたくない。
死ぬまでの貴重な時間だし、
館長になった時間を意義あるものにしたい」
（２００４年４月１日、徳島県立文学書道館館長に就任して）

「思い浮かべたことは、
古里に錦を飾れる、という気持ちでした。
私の感性とか文学に対する
憧れを育んでくれたのは、徳島です」
（２００６年10月27日、文化勲章の受章が決まって）

寂聴さん　折々の言葉

「徳島の国文祭はこれまでとは
一味違ったものになるはずです。
徳島の後に開催する都道府県は
困るかもしれませんね。
それくらい自信を持ってもいいと思います」
（2007年10月、おどる国文祭開幕を目前に控えて）

「お鯉さんは阿波女の代表で、
自分のしたいことを貫いた。
それは幸せなこと。とてもうらやましい」
（2008年4月、お鯉さんの訃報を聞いて）

寂聴さん　折々の言葉

「どん底の状態は続かない。
必ず希望は見えてくる。
私の余生は被災地の復興支援にかけてもいい」
（2011年5月、東日本大震災の後、徳島市での講演会で）

「こうなったら100歳まで生きて
芥川賞をもらう」
（2011年11月、泉鏡花文学賞を受賞して）

寂聴さん　折々の言葉

「残された者にとって一番大切なのは、
今回のような恐ろしい出来事が
あったことを忘れないことだ。
後世に伝える義務がある」
（2012年6月、徳島市で東日本大震災1周年シンポジウムに参加して）

「もしも死んでいたら
もらえなかった賞で、夢のようです。
モラエスをもっと大事にして、
子どもたちにも覚えさせてほしい」
（2015年4月、第1回モラエス賞を贈呈されて）

寂聴さん　折々の言葉

「誤解を招く言葉を
94歳にもなった作家で出家者の身で、
口にする大バカ者こそ、
さっさと死ねばいい」
（2016年10月、死刑廃止を巡る日弁連シンポジウムに寄せたメッセージが批判されて）

「いつもこれが最後だと思って
人に会ったり、話をしたりしている。
95年なんてね、本当にあっという間だったよ」
（2017年5月15日、誕生日を迎えて）

寂聴さん　折々の言葉

「また戦争が始まりそう。
少なくとも私たちが生きている間は
戦争に反対しましょう」
（2018年4月、寂庵の法話で、米英仏3カ国によるシリア攻撃に対して）

「人は死ぬまで何が起こるか分からない。

諦めては駄目」

（2018年6月、寂庵の法話で、95歳で出版した句集「ひとり」が賞を取ったことに触れ）

寂聴さん　折々の言葉

「平成は戦争がなかったのが一番良かった。
それはすごいことで、
この時代を生きた人は幸せだったわよ」
（2019年5月1日、令和元年を迎え）

「96歳まで生きて
何も後悔することはないが、
そのことだけは、しちゃいけないことを
したと今も思っている」
（2019年7月、寂庵の法話で、作家になるため幼い娘を置いて家を出たことを振り返って）

寂聴さん　折々の言葉

「もうすぐ100歳になる私にとっては、今出る本のすべてが、遺言となる」
（2019年7月。随筆集「命あれば」の後書きで）

「私は歴史的人物なのよ」
（2019年9月、寂庵の法話で、97歳になっても文芸誌に連載を書く作家として）

夕刊 EVENING

徳島新聞

2006(平成18)年 10月27日 金曜日

徳島市中徳島町2丁目5番地2 徳島新聞社 電話(088)655-7373 © 徳島新聞社 2006
購読お申し込み 0120-46-1940 www.topics.or.jp

家族の「いいな」が、きっと見つかる。 松茂住宅公園

寂聴さん 文化勲章

県人で初の受章
近代の女性群像描く

徳島市出身の小説家・瀬戸内寂聴さん(八四)＝京都市右京区＝が二十七日、本年度の文化勲章の受章者に選ばれた。徳島県人の受章は初めて。一九五七(昭和三十二)年の作家デビュー以来、歌人・岡本かの子の伝記小説「かの子撩乱(りょうらん)」など、日本近代の女性群像を描くとともに、源氏物語の現代語訳など、女性の生き方を見つめた創作活動が評価された。この日、政府が発表した。受章者は瀬戸内さんのほか四人で、十一月三日に皇居で親授式が行われる。

(2・3面に関連記事)

瀬戸内さんの受章理由は「多年にわたり、小説家として日本近代の自我に目覚めた女性たちの姿を描くことによって多くの人々を勇気づけた。独自の文学世界をつくりあげ、世代を超えた支持を受け、日本文化のひとつの典型を身をもって生きた」などというもの。

瀬戸内さんは一九二二(大正十一)年、徳島市生まれで、徳島高等女学校(現・城東高校)から東京女子大に進んだ。五七年に「女子大生・曲愛玲」で新潮社同人雑誌賞を受賞し、本名・瀬戸内晴美で作家活動に入った。六三年に自伝的な「夏の終り」で女流文学賞を受賞し、文壇での地位を確立するとともに、「田村俊子」「美は乱調にあり」など、明治・大正期に自覚的に生きた女性を描いた評伝文学を相次いで発表した。

五十一歳だった七三年に岩手県の平泉・中尊寺で出家得度し、法名「寂聴」を名乗る。その後も、西行を取り上げた「白道」など、出家・隠遁者の精神に迫る分野に新たな境地を開いた。また、七十歳を過ぎてからライフワークの源氏物語の現代語訳に取り掛かり、九八年に完訳。歌舞伎や能など、舞台芸術のジャンルでも脚本を執筆。最近は同じ徳島市出身の音楽家・三木稔さん(七六)＝東京都狛江市＝のオペラ「愛怨(あいえん)」の脚本を手掛け、話題となった。

こうした作家活動とともに、徳島ラジオ商殺し事件で無実の罪に問われた故・冨士茂子さんの再審支援や、湾岸戦争(九一年)でハンストを行うなど、自身の戦争体験や信仰に根差した反戦・平和活動に積極的にかかわり、世論に一石を投じてきた。

一九八一年に徳島市で「寂聴塾」を開くなど、本県の文化振興にも貢献。その活動の拠点施設となっている県立文学書道館建設に力を尽くすとともに、二〇〇四年からは館長を務めている。

八一年に徳島新聞賞・文化賞、九四年に県文化賞、九七年に徳島県人三人目の文化功労者、二〇〇〇年には徳島市名誉市民に選ばれている。

徳島県人として初めて文化勲章受章者に選ばれた瀬戸内寂聴さん

せとうち・じゃくちょう 1922年徳島市生まれ。県立徳島高等女学校から東京女子大卒。57年に「女子大生・曲愛玲」で文壇デビュー。61年に「田村俊子」で田村俊子賞、63年に「夏の終り」で女流文学賞を受賞し、文学的地位を確立した。73年に出家。京都・嵯峨野に寂庵を設立。92年、一遍上人の生涯を描いた「花に問え」で谷崎潤一郎賞、96年、西行法師を取り上げた「白道」で芸術選奨文部大臣賞、2001年に岩山などを舞台にした「場所」で野間文芸賞を受賞。98年には現代語訳「源氏物語」(10巻)、02年には「瀬戸内寂聴全集」(20巻)がそれぞれ完結。97年に文化功労者、2000年に徳島市名誉市民に選ばれた。県立文学書道館の中心的な収蔵作家で、04年4月から館長を務めている。京都市在住。

これ以上ない名誉

瀬戸内寂聴さんの話 小説家になって五十年目という節目の年に、これ以上はない名誉ある文化勲章をいただくことになり、本当にありがたく思っています。小説が好きで、書いてきました。小説を書くことは非常に孤独な作業で、その孤独な時間をなんとも言えない喜びとしてきました。そのようにしてペン一本でやってきたことを認めていただいたことが、なによりうれしい。

県民の大きな誇り

飯泉嘉門徳島県知事の話 瀬戸内寂聴先生が栄えある文化勲章を県人として初めて受章されることは、私たち県民にとって大きな誇りであり、「文化立県とくしま」が大きく加速するものと心からお祝い申し上げます。先生には県立文学書道館の館長を引き受けてもらっているほか、国民文化祭に向けて新作浄瑠璃の脚本を執筆してもらうなど、本県文化の振興に多大な尽力をいただいております。長年にわたる功績に深く敬意を表すとともに、ますますご活躍されることをご期待申し上げます。

一層の活躍を期待

原秀樹徳島市長の話 名誉市民である瀬戸内寂聴先生が、栄誉ある文化勲章を受章されたことは、長年にわたる文化活動の成果が認められたものであり、市民とともに心よりお喜び申し上げます。今後とも健康に留意され、ますますのご活躍をお祈り申し上げます。

吉田秀和さん(音楽評論)ら4氏も
功労者 高倉健さんら15人に

政府が二十七日発表した瀬戸内寂聴さんを除く文化勲章受章者は、音楽評論の吉田秀和(九三)、溶接工学の荒田吉明(八二)、日本画の大山忠作(八四)、日本経済論の篠原三代平(八七)の四氏。

文化功労者には映画俳優の高倉健(七五)、劇作家の山崎正和(七二)、建築家の黒川紀章(七二)、舞台美術の朝倉摂(八四)、小説家の丸谷才一(八一)の五氏ら十五人を選んだ。

文化功労者の顕彰式は十一月六日に都内のホテルで行われる。

文化功労者はほかに流体工学の伊藤英覚(八二)、地球物理学の金森博雄(七二)、オペラ演出の栗山昌良(八〇)、東洋史学の斯波義信(七六)、書の高木聖鶴(八一)、神経科学の中西重忠(七六)、歌舞伎の中村芝翫(七八)、経済理論の根岸隆(七三)、分子生物学の松原謙一(七二)、情報技術の森健一(六八)の各氏。

吉田氏は日本の音楽評論の先駆的存在で、この分野の受章者は初めて。荒田氏はハイテク加工技術を実用化に導いた。大山氏は骨太な画風で、「池畔に立つ」など多くの秀作を発表。篠原氏は日本経済のマクロ分析で知られ、政府の政策決定にも貢献した。

高倉氏は映画俳優としては初の文化功労者。任侠(にんきょう)映画で国民的人気を博し、国際的にも活躍した。森氏は日本語ワープロを初めて開発。丸谷氏は「たった一人の反乱」などの小説をはじめ、エッセーや評論でも優れた作品を執筆している。

荒田吉明氏　吉田秀和氏　篠原三代平氏　大山忠作氏

自治体首長多選 一定の歯止めを
衆院委で総務相が見解

菅義偉総務相は二十六日の衆院総務委員会で、地方自治体の首長の多選問題について、個人的見解と前置きした上で、「米国の大統領は二期八年までであり、これを参考にして考えていく必要がある」と述べ、多選に一定の歯止めをかけるべきだとの考えを示した。

菅総務相は、佐藤栄佐久前福島県知事の逮捕に関連して「多選には政治の独裁化や人事の偏りなどの懸念がある。一方で立候補の自由もある。幅広い視点から慎重に検討するべき問題だ」との認識を示した。民主党の後

造反組復党に慎重対応要求
中川幹事長に自民有志

昨年の衆院選で初当選した自民党新人の衆議院議員有志団体「83会」の有志は二十七日午前、国会内で中川秀直幹事長と会い、郵政民営化関連法案に反対して離党した「造反組」の復党問題で慎重対応を求めた。中川氏は「皆さんの気持ちは分かる」と答えた。

中川氏はこの後の記者会見で「国民の代弁(者)という意味でどういう立場の意見であれ聞くし、一年生議員の意見も聞いた。内紛だと誤解されてはいけない」と述べた。

新人有志は二十六日「将来、復党問題を議論する場合には、当該選挙区支部長の現職国会議員の同意が絶対条件であり、党紀委員会での慎重、厳正な審査が必要だ」との意見書を取りまとめた。二十七日の会合でも、造反組復党への慎重対応について、新人以外にも広く賛同を募る方針を決めた。

時事柳壇

学校がウソごまかしを子に教え　徳島 宮岡 龍
新庄の感涙ラスト花そえる　徳島 稀次郎
当分はハムソーセージのお数増え　徳島 大塚 章思

おことわり

次週十一月三日(金曜)は「文化の日」で休日のため夕刊を休みます。このため、「テレビウイークリー」は一日繰り上げて二日に発行します。

阿波なまり

輝く金襴、寂聴さん晴れて文化勲章。県人初、おめでとうございます。

歯科・口腔外科 矯正歯科 富塚歯科 八百屋町 Ⓟ駅前モーターミニッツP ☎088-625-8688

2006年10月27日付夕刊1面

(1) 総合　2021年(令和3年)11月12日　金曜日　徳島新聞

瀬戸内寂聴さん死去

作家　僧侶　平和活動尽力

99歳　県人初、文化勲章

圧倒されたエネルギー

新たな時代開いた

2021年(令和3年)
11月12日
金曜日

徳島新聞

瀬戸内寂聴さん死去
(3・6・10～12・25・28・29面)

「小説の鬼」背負った宿命　3面
写真で振り返る生涯　10・11面
「寂聴さんを悼む」　12面
平和の尊さ訴え続け　28面
県内外関係者ら悼む声　29面

ヤクルト・オリ　日本S王手　23面
北朝鮮、日本で外貨獲得か　24面

特集
地方創生未来会議LEC　19面

新型コロナ県内発生状況
(11日県発表)
新規感染者　1人
累計3290人
死亡　0人
累計65人
10日の検査　57人
累計10万9981人
入院・療養　4人
(調整中も含む)
退院　3221人

鳴潮

四季の森

2021年11月12日付朝刊1面

「パワフルで、正直で、モテる女」だった寂聴さん

柴門 ふみ（漫画家）

子供時代の私にとって、瀬戸内寂聴さんは、眉山の下の仏具店の娘さんで作家になった人、という認識でした。私の母方はずっと徳島市西新町で商売をやっていたため、眉山のふもとの商店仲間のような親近感を抱いていたのです。

作家・瀬戸内晴美を知ったのは大学生時代です。評伝文学が好きだった私は、「かの子撩乱」「田村俊子」から読み始めました。そして大学4年の時、日本を驚かせた近代の恋愛事件を50取り上げた寂聴さん監修のムック本「別冊太陽・近代恋愛物語50」を手に取ります。阿部定から太宰治の心中までバラエティーに富んだ内容でしたが、私が一番心を惹かれたのが「大杉栄の自由恋愛」でした。大杉の妻、伊藤野枝、神近市子の四角関係。「絶世の美人でもない伊藤野枝が、なぜ恋の勝利者になったのか？」。そのことが私には不思議でならなかったのです。

それをきっかけに、寂聴さんの「美は乱調にあり」「諧調は偽りなり」を熟読したのですが、やはり伊藤野枝の魅力が私にはよくわかりませんでした。

2012年、寂聴さんは著書「烈しい生と美しい死を」で、再び伊藤野枝ら青鞜の女たちを取り上げます。この本を手に私は寂庵を訪ね、「『美は乱調にあり』を漫画化させてください。伊藤野枝を描いてみたいのです」と頭を下げました。それまで何度か故郷の後輩ということで対談やお食事をご一緒させていただきましたが、文学とはジャンルの違う一漫画家です。我ながら大胆なお願いだったと思います。けれどあっさり「あら、いいわよ」とご快諾いただいたのです。

そして、漫画のキャラクターとして動かしてみて、ようやく伊藤野枝の魅力に気づくことができました。人を巻き込んでゆく、むき出しの激しく強烈なパワー。モテる女は結局、「パワー」なのだと納得したのです。

「野枝はこんな顔だったのね。絵で見ると、よくわかるわ」。そう言って寂聴さんは喜んでくれ、単行本化された漫画版「美は乱調にあり」の帯に「私が百年前に生きていたら、野枝と同じことをしたと思う」という言葉をくださいました。

寂聴さんはやはり伊藤野枝だったのだなあと、その時私は強く感じました。「パワフルで、正直で、モテる女」だった、という意味で。

晩年の瀬戸内寂聴のイメージは概ね、〈賑やかで面白い尼さん。だけど、若い頃幼い子供を捨てて不倫に走った女〉。そのようなものだったと思います。寂聴さんが文学者であること、その作品がどれほど素晴らしいものかも知らずに、大衆の面白がりそうな部分だけを切り取り、マスコミ・メディアが勝手に作り上げたイメージです。しかし一方、それをご自身で楽しんでいる様子も見られました。「一人二人相手じゃつまらない。千人以上の観衆の前で喋りたいの」と話されるのを耳にしたことがあります。「本は、売れなきゃ」とも。このサービス精神もまた、寂聴さんなのです。

本書「生誕100年　瀬戸内寂聴物語」は、そんな瀬戸内寂聴の実像と文学的価値に、徳島新聞の柏木さんが肉薄しています。寂聴さんの「モテたひけつ」「寂聴さんの文学的偉業」は、陳腐なマスコミイメージを覆すに充分な筆力だと思います。

寂聴さんの文学について林真理子さんは「戦後の人々の焦りや、埃っぽい感じを直接的に口にするのではなく、雰囲気で表現するのが抜群にうまい」と文章力を高く評価し、川上弘美さんは「それまで性愛に溺れるのは特異な体質の女性だけという認識だった男性に、普通にご飯を食べて勉強し平凡な日常を送る女性にも、性欲があることを知らしめた文学」だと「花芯」を賞賛しています。

そんな寂聴さんの文学的偉業を知る、よいきっかけになるのが本書だと思います。私もあらためて、寂聴さんの全著作を読んでみたくなりました。

寂庵を訪ね、寂聴さんと歓談する柴門ふみさん=2012年、京都・嵯峨野

【さいもん・ふみ】

漫画家。1957年、徳島市生まれ。徳島市立高校を経て、お茶の水女子大学卒。83年に「P.S.元気です、俊平」で第7回講談社漫画賞。92年「あすなろ白書」「家族の食卓」で小学館漫画賞受賞。代表作に「東京ラブストーリー」「同・級・生」「恋する母たち」など。

おわりに

徳島新聞の連載「生誕１００年　瀬戸内寂聴物語」を書き終えて、２０２３年1月から出版準備に取りかかった。その際、寂聴さんとの不思議な縁を感じることがいくつもあった。

まず2月に東京・渋谷でオペラ「源氏物語」の日本語版が上演されたこと。作曲者は本編でも触れた徳島市出身の作曲家三木稔さんである。オペラ「愛怨」を寂聴さんの台本で作り上げた。

寂聴さんが人生最大の仕事だと位置づけて現代語訳を成し遂げた「源氏物語」。生きていたら、１００歳の体できっと会場に駆け付けただろう。そして、２００1年にオペラ「源氏物語」の英語版を東京で鑑賞した時と同じように「大変な心理劇である。この作品を見なかったら、私は大恥をかくところだった」と感想を述べたに違いない。

三木さんは「源氏物語」の日本語版が将来上演されることを夢見て、英語版と日本語版の2種類のオペラを準備していた。そして、死後10年余りを経て、初演という悲願を果たしたのだ。その予告記事を執筆することになったのは、やはり仏縁だろうか。

それから、しばらくしてまた、寂聴さんゆかりの作品に出合うことになった。

〈花びらは舞いながらささやいた／わたしはここにいます〉

寂聴さんの「ある真夜中に」と題した詩の一節を、書家の石飛博光さんが書いた。22年10月に開館20周年を迎えた徳島県立文学書道館の記念作品として石飛さんが選んだ言葉だ。3月まで同館で開かれた書道特別展で展示されたほか、関連イベントでは石飛さんが来県し、もう一枚、同じ作品を席上揮毫した。

〈わたしはここにいます〉

寂聴さんが亡くなった今、あらためて胸に迫る言葉となった。

館長も務めた文学書道館に寂聴さんはいつも居て、みんなを応援してくれている。石飛さんはそんな思いを込めて書いたという。

有名な石飛さんにすてきな書に仕上げてもらい、寂聴さんも空の上で喜んでいることだろう。明るい声が聞こえてくるようだった。笑顔が見えるようだった。

瀬戸内寂聴さんは書き下ろしよりも連載というスタイルが好きだったらしい。筆者が「生誕100年　瀬戸内寂聴物語」の連載をスタートした時も、実は同じ気持ちだった。

最初、この連載はモラエスの話から始めようと思っていた。モラエスについてはかつて連載記事を書いたことがあったし、少女時代の寂聴さんがモラエスに遭遇した思い出も、本人に直接、聞いたことがあったからだ。

徳島県立文学書道館学芸員で、寂聴塾の1期生でもある竹内紀子さんに、この構想を打ち明けた際、すぐに反対された。モラエスとの思い出も大切だが、もっと重要なことがある。それは恋と出家であると。

こうして連載はスタートした。「まずは恋の話から」と書き始めて。

「最初の一文が書けると、後はすらすら書ける」。これも生前の寂聴さんがよく話していた言葉だ。筆者もそれを励みに執筆を続けた。

毎月、一つのテーマを決めて約3本ずつ、1年間、連載を続けることを目標に掲げた。よく取材先で「寂聴さんの連載、おもっしょい（面白い）な。何回続くん？　もう全部書けとんやろ？」と聞かれた。だが、本当はいつも締め切りに追われていた。

著作を読み返してから書きたかった。資料を探すのに時間もかかった。生涯に400冊以上の著作を残した寂聴さんと比べるのもおこがましいが、自分自身にノルマをかけていたおかげで、1年間、連載を続けることができた。

そして、気が付けば、一冊の単行本にするだけの文字数に達していた。

この本を出版できたのは、寂聴さんのおかげだ。感謝の気持ちを込めて、ゆかりの地を巡った。

新町川の周遊船から徳島市内を眺めた。水際公園には、世界的彫刻家の流政之さんが制作した文化勲章受章記念碑が見えた。その近くに、親交のあった画家横尾忠則さんが描いた生誕100年記念碑の肖像プレートもはっきりと確認できた。徳島県庁付近では、川の上から眉山を正面に望むことができた。桟橋に近づくごとに、古里の山はどんどん大きくなった。

戦後、寂聴さんが北京から引き揚げて来た時に、焼け野原の向こうに仰ぎ見た眉山。恋の場所として小説にも書いた眉山。青空に映える眉山。

2012年に徳島で開かれた2度目の国民文化祭の際には、「第九」の旋律に合わせて、「ふるさと賛歌」を作詞した。

〈ふるさと徳島　ま青の空よ／眉山はやさしく　永久の緑に〉

そっと口ずさんでみると、インタビューの時に話していたこんな言葉も心によみがえった。

「徳島の青空はどこよりも澄んでいて美しい。自慢していい。全国の青空を見てきた私が言うんだから間違いない」

寂聴さんは、誰よりも古里徳島の良さを知っていたのかもしれない。

筆者は瀬戸内寂聴さんが大好きだった。全身全霊で生きる姿が。ひたむきでたくましい生き方が。器の大きさが。快活な笑顔が。文学を愛する姿が。

生前は声にならなかったそんな言葉を、寂聴さんに伝えたかった。

岩手県の天台寺の墓には、「愛した　書いた　祈った」の文字が刻まれている。まさにその通りの生涯だった。

本書「生誕100年　瀬戸内寂聴物語」には、その生き方をできる限り詰め込んだつもりだ。たくさんの人に読んでもらいたい。寂聴さんもきっと喜んでくれるだろう。

筆者一人の力では、この本は出来上がらなかった。徳島県立文学書道館と生家の瀬戸内神仏具店からはたくさんの写真や資料を提供していただいた。そして、寂聴さんと親交のあった柴門ふみさんや太田治子さんに寄稿していただけたことは、とても幸運なことだった。

取材や出版に当たってお世話になった全ての人に感謝の気持ちをささげたい。

2023年　春

徳島新聞社記者　柏木　康浩

新町川の周遊船から見えた寂聴さんの記念碑。
中央が流政之さんの彫刻。左奥が横尾忠則さんが描いた肖像プレート

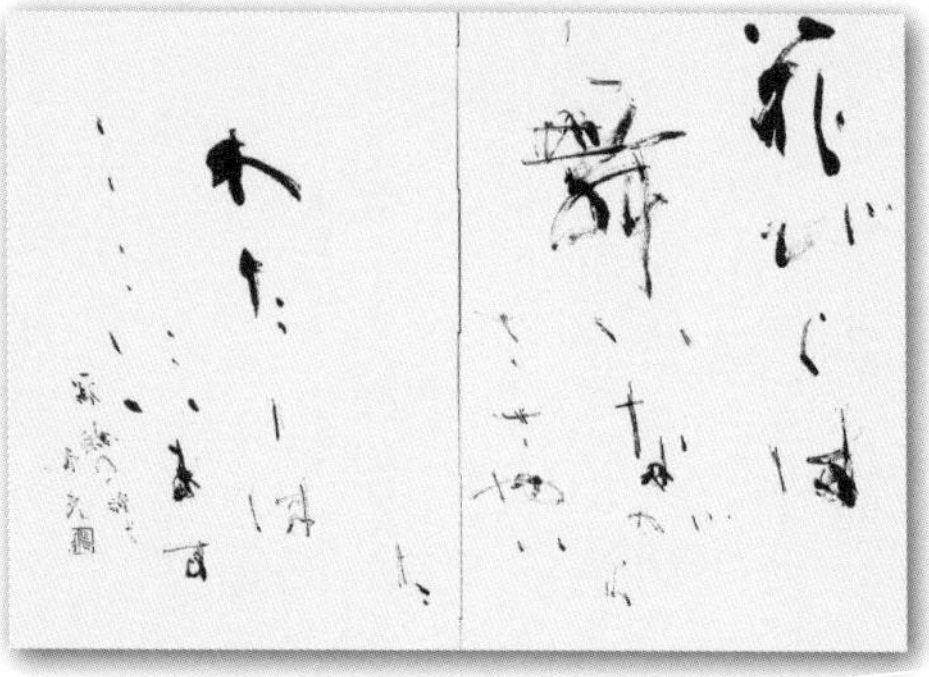

石飛博光「瀬戸内寂聴の詩『ある真夜中に』より」

船上から正面に望む眉山

【著者略歴】

柏木 康浩（かしわぎ・やすひろ）

1965年、兵庫県生まれ。6歳から徳島市で育つ。徳島県立城ノ内高校を経て明治大学文学部卒。1991年、徳島新聞社入社。整理部、地方部、運動部、編集委員などを経て生活文化部記者。日本児童文芸家協会会員。57歳。

筆者と

初 出

「生誕100年　瀬戸内寂聴物語」
（徳島新聞　2022年１月～12月掲載）

「伝説の女性になった寂聴さん」
（徳島新聞　2021年11月12日付）

「一周忌の寂庵」
（徳島新聞　2022年11月10日付）

「寂聴の文学遺産」
（徳島新聞　2021年12月掲載）

「瀬戸内寂聴が語る『わが徳島』」
（徳島新聞　2011年９月～10月掲載）

「この道」インタビュー
（徳島新聞　2012年７月５日～６日付）

生誕100年　**瀬戸内寂聴物語**

令和5年4月1日発行　定価：1,430円［税込］（本体価格 1,300円）

著　者　柏木 康浩

発行所　一般社団法人 徳島新聞社
徳島県徳島市中徳島町二丁目5番地2
TEL：088-655-7340／FAX：088-623-9288

発行者　池上 治徳

印　刷　東洋紙業株式会社